Infancia

Literatura Mondadori

Infancia
Escenas de una vida en provincias

J. M. COETZEE

Traducción de Juan Bonilla

MONDADORI

Barcelona, 2000

Coetzee, John Maxwell
 Infancia - 4ª ed. - Buenos Aires : Mondadori, 2008.
 176 p. ; 23x14 cm. (Literatura Mondadori)

 Traducido por: Juan Bonilla

 ISBN 987-9397-31-2

 1. Autobiografía. I. Bonilla, Juan, trad. II. Título
 CDD 920

Primera edición en la Argentina bajo este sello: octubre de 2003
Cuarta edición en la Argentina bajo este sello: febrero de 2008

Título original: *Boyhood. Scenes from Provincial Life*
Traducido de la edición original de Viking, Nueva York, 1997
Diseño de la cubierta: Luz de la Mora
Ilustración de la cubierta: © Hulton Getty

© 1997, J. M. Coetzee
 Todos los derechos reservados
 Publicado por acuerdo con Peter Lampack Agency, Inc., Nueva York
 551 Fifth Avenue, Suite 1613, Nueva York, NY 10176-0187
 Estados Unidos
© 2000 de la edición en castellano para todo el mundo:
 Mondadori, (Grijalbo Mondadori, S.A.)
 Aragó, 385. 08013 Barcelona
 www.grijalbo.com
© 2000, Juan Bonilla Gago, por la traducción
© 2003, Editorial Sudamericana S.A.®
 Humberto I 531, Buenos Aires, Argentina
Publicado por Editorial Sudamericana S.A.® bajo el sello Mondadori
con acuerdo de Random House Mondadori S.A.

Quedan rigurosamente prohibidas, sin la autorización escrita de los
titulares del *copyright*, bajo las sanciones establecidas en las leyes, la
reproducción parcial o total de esta obra por cualquier medio o
procedimiento, comprendidos la reprografía y el tratamiento informático, y la distribución de ejemplares de ella mediante alquiler o
préstamo públicos.

Impreso en la Argentina.
ISBN 10: 987-9397-31-2
ISBN 13: 978-987-9397-31-2
Queda hecho el depósito que previene la ley 11.723.

www.sudamericanalibros.com.ar

1

Viven en una urbanización a las afueras de Worcester, entre las vías del ferrocarril y la carretera nacional. Las calles de la urbanización tienen nombres de árboles, aunque todavía no hay árboles. Su dirección es: Poplar Avenue, avenida de los álamos, número doce. Todas las casas de la urbanización son nuevas e idénticas. Están alineadas en extensas parcelas de arcilla rojiza donde nada crece y separadas con alambre de espino. En cada patio trasero hay una pequeña construcción con un cuarto y un lavabo. Aunque no tienen criados, los llaman «el cuarto de los criados» y «el lavabo de los criados». Utilizan la habitación de los criados para almacenar trastos: periódicos, botellas vacías, una silla rota, una estera vieja.

Al fondo del patio instalan un gallinero para tres gallinas, con la esperanza de que pongan huevos. Pero las gallinas no medran. El agua de la lluvia, que la arcilla no filtra, se encharca en el patio. El gallinero se transforma en una ciénaga hedionda. A las gallinas les salen bultos en las patas, como piel de elefante. Enfermas y contrariadas, dejan de poner huevos. La madre lo consulta con su hermana de Stellenbosch, que le asegura que solo volverán a poner si se les extirpa la membrana callosa que tienen bajo la lengua. Así que la madre va colocándose las gallinas una tras otra entre las rodillas, les aprieta el pescuezo hasta que abren el pico, y con la punta de un cuchillo corta en sus lenguas. Las gallinas chillan y se debaten, con los ojos desorbitados. Él se estremece y se va. Imagina a su madre echando la carne del estofado sobre el mármol de la cocina y cortándola en tacos; imagina sus dedos ensangrentados.

Las tiendas más cercanas están a un kilómetro y medio de camino por una desolada carretera bordeada de eucaliptos. Atrapada en esta casa de la urbanización como en una caja de cerillas, su madre no tiene nada que hacer en todo el día excepto barrer y poner orden. Cada vez que sopla viento, un fino polvo de arcilla de color ocre se cuela en remolinos por debajo de las puertas y por las grietas de los marcos de las ventanas, bajo los aleros, por las junturas del techo. Después de un largo día de tormenta, la capa de polvo que se amontona contra la fachada tiene varios centímetros.

Compran una aspiradora. Todas las mañanas su madre la pasa de habitación en habitación, recogiendo el polvo y llevándolo al interior de la tripa ruidosa en la que un sonriente duendecillo rojo brinca como si saltara vallas. ¿Por qué un duendecillo?

Él juega con la aspiradora: trocea papel y se queda mirando los pedacitos rotos que salen volando hacia el tubo, como hojas en el viento; sostiene el tubo sobre una fila de hormigas, aspirándolas hacia la muerte.

En Worcester hay hormigas, moscas, plagas de pulgas. Worcester solo está a ciento cuarenta y cinco kilómetros de Ciudad del Cabo; sin embargo, casi todo es peor aquí. Él tiene un cerco de picaduras de pulga en el borde de los calcetines, y costras allí donde se las ha rascado. Algunas noches no consigue dormir por culpa del picor. No entiende por qué tuvieron que marcharse de Ciudad del Cabo.

Su madre también está inquieta. Ojalá tuviera un caballo, dice, así al menos podría montar por el *veld*. ¡Un caballo!, salta su padre: ¿Acaso quieres parecer lady Godiva?

No se compra un caballo. En su lugar, sin previo aviso, se compra una bicicleta de mujer, de segunda mano, pintada de negro. Es tan grande y pesada que cuando él practica en el patio no alcanza los pedales.

Su madre no sabe montar en bicicleta; quizá tampoco sepa montar a caballo. Se compró la bicicleta pensando que no le costaría mucho aprender. Ahora no puede encontrar quien le enseñe.

Su padre no hace ningún esfuerzo por ocultar su regocijo. Las mujeres no montan en bicicleta, dice. La madre le desafía: No voy a quedarme prisionera en esta casa. Seré libre.

Al principio, a él le pareció estupendo que su madre tuviera una bicicleta propia. Incluso se había imaginado a los tres montando juntos hasta Poplar Avenue: ella, su hermano y él. Pero ahora, cuando escucha las bromas de su padre, que la madre solo puede encajar con un silencio obstinado, empieza a dudar. Las mujeres no montan en bicicleta: ¿y si su padre tiene razón? Si su madre no encuentra a nadie que quiera enseñarle, si ninguna otra ama de casa en Reunion Park tiene una bicicleta, entonces quizá sea cierto que las mujeres no deben montar en bicicleta.

A solas en el patio trasero, su madre trata de aprender por su cuenta. Con las piernas estiradas a cada lado, se desliza por la pendiente hacia el gallinero. La bicicleta vuelca y se para. Como la bicicleta no tiene barra, su madre no llega a caerse, solo se tambalea de una manera ridícula, agarrada al manillar.

Su corazón se vuelve contra ella. Esa noche él se une a las burlas de su padre. Sabe la traición que eso significa. Ahora su madre está sola.

Pese a todo, aprende a montar, aunque de forma insegura, zigzagueante, esforzándose por hacer girar los platos.

Hace sus excursiones a Worcester por las mañanas, cuando él está en el colegio. Solo una vez la ve pasar en la bicicleta. Lleva una blusa blanca y una falda oscura. Baja por Poplar Avenue en dirección a casa. Su pelo revolotea al viento. Parece joven, casi una muchacha, joven y fresca y misteriosa.

Cada vez que su padre ve la gran bicicleta negra apoyada en la pared, empieza a bromear. Dice que los ciudadanos de Worcester dejan lo que estén haciendo y se quedan mirándola atónitos cuando, con penas y fatigas, pasa en bicicleta. Venga, venga, le gritan burlándose: Dale. Las bromas no tienen ninguna gracia, pero él y su padre siempre acaban riéndose. Su madre nunca replica, no sabe cómo hacerlo. Solo les dice: «Reídos si queréis».

Un día, sin mediar explicación, su madre deja de montar en bicicleta. Y la bicicleta no tarda en desaparecer. Nadie dice nada, pero él sabe que la madre ha sido derrotada, la han puesto en su lugar, y sabe que él tiene parte de la culpa. La compensaré algún día, se promete a sí mismo.

El recuerdo de su madre montada en bicicleta no le abandona. Ella se aleja pedaleando por Poplar Avenue, escapando de él, escapando hacia su propio deseo. Él no quiere que se vaya. No quiere que ella tenga deseos. Quiere que se quede siempre en la casa, esperándolo. Ya no se alía con el padre contra ella: todo lo que desea es aliarse con ella contra el padre. Pero, en ese asunto, su lugar está entre los hombres.

2

No comparte nada con su madre. Guarda celosamente en secreto todo lo relacionado con el colegio. Ella no sabrá nada, decide, pero los boletines trimestrales que le presente tendrán que ser impecables. Siempre será el primero de la clase. Su comportamiento siempre será Muy Bueno; su progreso, Excelente. Mientras no haya problemas con las notas, ella no podrá hacerle preguntas. Ese es el contrato que estipula en su mente.

Lo que pasa en el colegio es que pegan a los muchachos. Ocurre todos los días. A los chicos se les ordena que doblen la espalda hasta tocarse la punta de los pies, y los azotan con una vara.

Tiene un compañero en tercero, Rob Hart, a quien la profesora ha tomado afición a pegar. La profesora de tercero se llama señorita Oosthuizen, y es una mujer nerviosa que se tiñe con alheña. De algún modo sus padres se han enterado de que se llama Marie: participa en funciones teatrales y no se ha casado nunca. Debe de tener una vida fuera del colegio, pero él no consigue imaginársela. No puede imaginarse cómo es la vida de los profesores fuera del colegio.

La señorita Oosthuizen se enfurece, le pide a Rob Hart que salga de su pupitre y que se agache, y lo azota en el trasero. Golpea una y otra vez con rapidez, casi sin dar tiempo a que la vara vuelva atrás. Cuando la señorita Oosthuizen ha terminado, Rob Hart tiene la cara encendida. Pero no llora; de hecho, es posible que solo se haya puesto rojo porque ha estado boca abajo. A la señorita Oosthuizen, por su parte, le palpita el pecho y parece al borde de las lágrimas... de las lágrimas y también de otros flujos.

Después de esos arrebatos de pasión incontrolada, toda la clase se queda en silencio, y permanece en silencio hasta que suena la campana.

La señorita Oosthuizen no logra nunca que Rob Hart llore; quizá por eso se enfurece tanto con él y le pega tan fuerte, más fuerte que a nadie. Rob Hart es el mayor de la clase, casi dos años mayor que él (él es el más joven), y tiene la sensación de que entre Rob Hart y la señorita Oosthuizen hay algo que se le escapa.

Rob Hart es alto y despreocupadamente guapo. Aunque Rob Hart no es listo, y hasta puede que suspenda el curso, a él le atrae. Rob Hart forma parte de un mundo en el que él aún no ha encontrado el modo de entrar: un mundo de sexo y de palizas.

En cuanto a él, no tiene ningún deseo de que la señorita Oosthuizen ni ninguna otra persona le pegue. La sola idea de ser golpeado le hace morirse de vergüenza. Haría lo que fuera por evitarlo. En este aspecto se sale de lo común, y lo sabe. Procede de una familia atípica y vergonzosa en la que no solo nunca se pega a los niños, sino en la que además a los adultos se les llama por su nombre de pila, nadie va a la iglesia y se ponen zapatos a diario.

Todos los profesores de su colegio, tanto hombres como mujeres, tienen una vara y libertad para usarla. Cada una de las varas tiene una personalidad, una reputación que los chicos conocen y de la que se habla constantemente. Con afán de conocimiento los muchachos sopesan la reputación de las diferentes varas y el tipo de dolor que causan, comparan la técnica de los brazos y las muñecas de los profesores que las manejan. Nadie menciona la vergüenza que supone que te llamen, te hagan agacharte y te sacudan en las nalgas.

Como no ha experimentado nunca ese castigo, él no puede intervenir en estas conversaciones. Sin embargo, sabe que el dolor no es lo más importante. Si los demás pueden soportarlo, él, que tiene mucha más fuerza de voluntad, también podría. Lo que no aguantaría es la vergüenza. Teme que sería tan grande, tan amedrentadora, que se agarraría fuerte a su pupitre y se negaría a acudir cuando lo llamasen. Y eso supondría una vergüenza aún mayor: lo apartaría de todos los demás, pondría a todo el mundo en su contra. Si alguna vez lo llamaran para azotarlo, se produciría una escena tan humillante que nunca más podría regresar al colegio; no le quedaría más remedio que suicidarse.

Así que eso es lo que está en juego. Por eso nunca se le oye en clase. Por eso siempre es ordenado, por eso siempre hace los deberes, por eso siempre sabe las respuestas. Más le vale no cometer un descuido. Si lo comete, se arriesga a que le peguen; y da igual que le peguen o que él oponga resistencia: en los dos casos morirá.

Lo extraño es que solo haría falta un azote para romper el maleficio de terror que lo paraliza. Lo sabe muy bien: si, sea como fuere, pasara por el trago de la paliza antes de haber tenido tiempo de quedarse petrificado y oponer resistencia; si la violación de su cuerpo sucediera en un visto y no visto, por la fuerza, se convertiría en un chico normal y podría sumarse a las conversaciones sobre profesores y varas, sobre los distintos grados y sabores del dolor que infligen. Pero él solo no puede saltar esa barrera.

Culpa a su madre por no pegarle. Está contento de llevar zapatos, de sacar libros de la biblioteca pública y de no tener que ir al colegio cuando está resfriado –cosas que lo hacen distinto de los demás–, pero al mismo tiempo no le perdona a su madre que no haya tenido niños normales ni les haya obligado a vivir una vida normal. Si su padre tomase las riendas, los convertiría en una familia normal. Su padre es normal en todos los sentidos. Él está agradecido a su madre por haberlo protegido de la normalidad del padre, es decir, de los ocasionales ataques de ira del padre y de sus amenazas de pegarle. Al mismo tiempo, le reprocha haberlo convertido en algo tan anómalo, tan necesitado de protección para seguir viviendo.

No es la vara de la señorita Oosthuizen la que más pavor le da. La vara que más teme es la del señor Lategan, el profesor de carpintería. La vara del señor Lategan no es larga ni flexible como las que prefiere la mayoría de los profesores. Por el contrario, es corta y gruesa. Más como un palo o un bastón que como una fusta. Se rumorea que el señor Lategan solo la usa con los alumnos mayores, que sería excesiva para un chico más pequeño. Se rumorea que con su vara el señor Lategan ha hecho lloriquear, rogar piedad, orinarse en los pantalones y perder el honor a chicos del último curso del instituto.

El señor Lategan es bajo, lleva bigote y el pelo cortado al cepillo. Ha perdido uno de sus pulgares: el muñón está cubierto con una cicatriz purpúrea. El señor Lategan apenas habla. Siempre está de un humor distante e irritable, como si enseñar carpintería a los alumnos más jóvenes fuese una tarea indigna de él y que realiza a disgusto. En clase, permanece casi todo el tiempo junto a la ventana con la mirada perdida en el patio mientras los alumnos tratan de medir, serrar y cepillar. Algunas veces, mientras reflexiona, va dándose pequeños golpes con la vara en el muslo. Cuando comienza la inspección, señala desdeñoso lo que está mal y, tras encogerse de hombros, pasa de largo.

A los alumnos se les permite bromear con los profesores acerca de sus varas. De hecho, es uno de los asuntos sobre el que los profesores toleran alguna broma. ¡Hágala cantar, señor!, piden los chicos, y el señor Gouws hará un rápido movimiento de muñeca y su larga vara (la más larga del colegio, aunque el señor Gouws solo imparte clases en quinto curso) silbará en el aire.

Con el señor Lategan no se bromea. Le tienen pánico porque todos saben lo que es capaz de hacer con su vara a alumnos que ya son casi unos hombres.

Cuando, por Navidad, el padre se reúne con sus hermanos en la granja, siempre hablan de los días del colegio. Recuerdan a los maestros y sus varas; evocan las frías mañanas de invierno en las que la vara les dejaba las nalgas llenas de cardenales; el escozor podía durar varios días en la memoria de la carne. Hay en sus palabras algo de nostalgia y de placentero terror. El chico los escucha con avidez, tratando de pasar inadvertido. No quiere atraer su atención, arriesgarse a que en algún remanso de la charla le pregunten por lo que opina acerca de las varas. Nunca lo han azotado, y se siente avergonzado por ello. No puede hablar de las varas con la facilidad y el conocimiento de estos hombres.

Tiene la sensación de estar herido. Tiene la sensación de que, pausada, constantemente, algo se está desgarrando en su interior: una pared, una membrana. Intenta controlarse todo lo que puede para que la cisura no se abra más de lo debido. Para que no se abra más de lo debido, no para frenarla: nada la frenará.

Una vez a la semana tiene educación física. Cruza la escuela camino del gimnasio junto a los demás chicos de su clase. En los vestuarios se ponen camiseta blanca y pantalones de deporte. Bajo la dirección del señor Barnard, también vestido de blanco, pasan media hora saltando al potro, lanzándose una pelota o brincando mientras dan palmas sobre sus cabezas.

Hacen todo esto descalzos. Él, que siempre lleva zapatos, se pasa días temiendo el momento de descalzarse en educación física. Sin embargo, cuando se los ha quitado, y también los calcetines, ya no resulta tan difícil. Simplemente ha de quitarse la vergüenza de encima, terminar de desnudarse rápidamente, en un santiamén, y sus pies serán pies como los de cualquier otro. La vergüenza sigue rondando cerca, esperando adueñarse de nuevo de él, pero es una vergüenza privada, íntima, de la que los otros chicos no tienen por qué enterarse nunca.

Sus pies son blancos y suaves; si no fuera por eso, se parecerían a los de todos los demás, incluso a los de los chicos que no tienen zapatos y van al colegio descalzos. A él no le gusta tener que desnudarse en educación física, pero se dice a sí mismo que es capaz de soportarlo, igual que soporta otras cosas.

Un día se altera la rutina. Del gimnasio los mandan a las pistas de tenis para que aprendan a jugar al pádel. Las pistas quedan algo lejos; por el camino tiene que pisar con cuidado, escogiendo los huecos entre los guijarros. Bajo el sol de verano el asfalto de la pista está tan caliente que tiene que ir saltando a la pata coja para no quemarse. Es un alivio regresar al vestuario y calzarse de nuevo; pero, por la tarde, apenas si puede andar, y cuando su madre le quita los zapatos en casa ve que las plantas de sus pies están llagadas y sangran.

Está tres días en casa curándose. Al cuarto, vuelve con una nota de su madre, en la que se emplean palabras de indignación que él conoce y aprueba. Como un guerrero herido que retoma su lugar en las filas, el chico cojea por el pasillo hasta su pupitre.

—¿Por qué no has venido al colegio? —le susurran sus compañeros.

—No podía andar, tenía ampollas en los pies por culpa del tenis —responde susurrando.

Esperaba que su historia provocara sorpresa y complicidad; pero se encuentra con risillas burlonas. Ni siquiera los compañeros que van calzados se toman su historia en serio. También estos tienen los pies encallecidos, y no les salen ampollas. Solo él tiene los pies suaves, y tener los pies suaves, por lo que se ve, no es ningún motivo de orgullo. De repente se siente aislado. Él, y tras él, su madre.

3

Él nunca ha llegado a entender cuál es el lugar de su padre en la casa. En realidad, ni siquiera tiene claro del todo con qué derecho está su padre allí. Está dispuesto a aceptar que en una casa normal, el padre sea el cabeza de familia: la casa le pertenece, la esposa y los niños viven bajo su tutela. Pero en su caso, como en el de la familia de sus dos tías maternas, son la madre y los niños los que ocupan el centro, mientras que el marido no pasa de ser un apéndice, alguien que contribuye a la economía doméstica como lo haría un huésped.

Desde que tiene conocimiento se ha sentido el rey de la casa; de su madre recibe un apoyo ambiguo y una protección ansiosa: ansiosa y ambiguo porque, y él lo sabe, los niños no deben llevar la voz cantante. Pero si siente celos de alguien, no es de su padre, sino de su hermano pequeño. Su madre también apoya a su hermano: lo apoya e incluso lo favorece, pues su hermano es espabilado (aunque no tanto como él mismo, ni tan valiente ni aventurero). De hecho, su madre siempre parece estar detrás de su hermano, preparada para conjurar el menor peligro; mientras que, cuando se trata de él, ella permanece en segundo plano, esperando, escuchando, lista para acudir solo si él la llama.

Él desearía que se comportase con él como lo hace con su hermano. Pero lo desea como una señal, una prueba, nada más. Sabe que se pondría furioso si ella comenzara a protegerlo constantemente.

No para de tenderle trampas para que ella confiese a quién quiere más, si a él o a su hermano. Su madre las elude siempre. «Os quiero a los dos por igual», afirma sonriendo. Ni siquiera con las preguntas más ingeniosas —¿y si la casa ardiera, por ejemplo, y solo pudiera rescatar a uno de ellos?— consigue atraparla. «A los dos —dice—. Seguro que os salvaría a los dos. Pero la casa no arderá.» Aunque desprecia su falta de imaginación, él la respeta por su pertinaz constancia.

Las rabietas contra su madre son una de esas cosas que tiene que guardar celosamente en secreto y no confiar al mundo exterior. Solo ellos cuatro saben de los torrentes de desprecio que vierte sobre ella, de que la trata como a un inferior. «Si tus profesores y tus amigos supieran cómo le hablas a tu madre...», le dice su padre, moviendo significativamente un dedo. Él odia a su padre por ver con tanta claridad la fisura de su coraza.

Desea que su padre le pegue y lo convierta en un chico normal. Al mismo tiempo sabe que si su padre osara levantarle la mano, él no descansaría hasta vengarse. Si su padre fuera a pegarle, enloquecería: como un poseso, como una rata acorralada en un rincón, que se revuelve con furia, que lanza dentelladas con sus dientes venenosos, que resulta demasiado peligrosa para acercar siquiera la mano.

En casa, él es un déspota irascible; en la escuela, un cordero manso y dócil, que se sienta en la segunda fila empezando por detrás, en la fila más oscura, para que nadie note su presencia, y que se pone rígido de miedo cuando comienzan los azotes. Con esta doble vida ha cargado sobre sí el peso del engaño. Nadie más tiene que soportar algo parecido, ni siquiera su hermano, que, como mucho, es una imitación pobre y nerviosa de él. De hecho, tiene la sospecha de que su hermano, en el fondo, es normal. Él está solo. No puede esperar ayuda de ninguna parte. De él depende dejar atrás la infancia, dejar atrás la familia y el colegio, y empezar una nueva vida en la que ya no tenga que fingir más.

La infancia, dice la *Enciclopedia de los niños*, es un tiempo de dicha inocente, que debe pasarse en los prados entre ranúnculos dorados y conejitos, o bien junto a una chimenea, absorto en la lectura de un cuento. Esta visión de la infancia le es completamente ajena. Nada de lo que experimenta en Worcester, ya sea en casa o en el colegio, lo lleva a pensar que la infancia sea otra cosa que un tiempo en el que se aprietan los dientes y se aguanta.

Como en la asociación de los boy scouts de Worcester no hay un grupo para los «castores», es decir, los más pequeños, se le permite ingresar en el de los mayores a pesar de que solo tiene diez años. Se prepara concienzudamente para su bautizo como scout. Acompaña a su madre a la tienda de ropa para comprar el uniforme: un rígido sombrero de fieltro marrón claro con la insignia plateada, una camisa caqui, pantalones cortos y calcetines, un cinturón de piel con la hebilla de los boy scouts, hombreras verdes y emblemas del mismo color para los calcetines. Corta una rama de álamo de un metro y medio de largo, le quita la corteza y se pasa una tarde grabando en la madera blanca los códigos de telégrafo de banderas y morse con un destornillador al rojo vivo. Sale para ir a su primera reunión de scout con la estaca colgada del hombro por un cordón verde que él mismo ha trenzado. Cuando hace el juramento y se lleva dos dedos a la frente, el saludo de los boy scouts, no hay duda de que es el que va más impecable de todos los chicos nuevos, de los «novatos».

Descubre que ser boy scout consiste, como en el colegio, en pasar exámenes. Por cada examen que pasas consigues un galardón que coses a tu camisa.

Los exámenes siguen un orden establecido. El primero consiste en atar nudos: el nudo llano y el doble nudo, el margarita y el as de guía. Lo pasa, pero sin destacar. No tiene claro qué hacer para pasar los exámenes de boy scout con nota, cómo sobresalir.

El segundo examen es para obtener el galardón de explorador. Para pasarlo, se le exige que encienda un fuego sin usar papel y utilizando un máximo de tres cerillas. En el descampado que hay junto a la iglesia anglicana, una tarde fría y ventosa, amontona las ramitas y los trozos de corteza, y luego, ante la mirada del líder de su tropa y del jefe de los scouts, enciende las cerillas una a una; pero ninguno de sus intentos logra hacer prender el fuego: las tres veces el viento apaga la tenue llama. El jefe y el líder de la tropa se van. No pronuncian las palabras: «Has suspendido», así que no está seguro de haber suspendido. ¿Y si se han alejado para hablar entre sí y decidir que, con ese viento, el examen no puede ser válido? El chico espera que regresen. Espera que le den el galardón de explorador de todos modos. Pero no ocurre nada. Permanece junto a su montón de ramitas y no ocurre nada.

Nadie vuelve a mencionarlo. Es el primer examen que ha suspendido en su vida.

Todos los años la tropa de scouts va de acampada durante las vacaciones de junio. Quitando la semana que pasó en el hospital cuando tenía cuatro años, nunca se ha separado de su madre, pero está decidido a ir con los scouts.

Hay una larga lista de cosas que tiene que llevarse. Una es una colchoneta aislante. Su madre no tiene una colchoneta aislante, ni siquiera está muy segura de saber lo que es. En su lugar le da un colchón de aire de color rojo. En el campamento descubre que los otros chicos tienen las colchonetas aislantes de color caqui reglamentarias. Su colchón rojo lo aísla inmediatamente de todos los demás. Tampoco es capaz de hacer que se muevan sus intestinos sobre un agujero maloliente cavado en la tierra.

El tercer día de acampada van a nadar al río Breede. Aunque cuando vivía en Ciudad del Cabo, su hermano, su primo y él solían ir en el tren hasta Fish Hoek y se pasaban la tarde entera trepando por las rocas y haciendo castillos en la arena y chapoteando en las olas, no sabe nadar.

Ahora, que es un boy scout, debe cruzar el río a nado y volver.

Él detesta los ríos: el agua turbia, el limo que se pega a los dedos de los pies, las latas oxidadas y los cascos de botella que podría llegar a pisar; prefiere la arena de la playa, limpia y blanca. Pero se zambulle en el río y chapotea como puede hasta cruzarlo. Al llegar a la otra orilla se agarra a la raíz de un árbol y, como hace pie, se queda sumergido hasta la cintura en la corriente lenta y parduzca; le castañetean los dientes. Los demás chicos se dan la vuelta y empiezan a nadar de regreso. Lo dejan solo. No puede hacer otra cosa que zambullirse de nuevo.

A mitad de camino está exhausto. Deja de nadar e intenta hacer pie, pero el río es demasiado profundo. Su cabeza se hunde bajo el agua. Trata de salir a flote, de nadar otra vez, pero ya no tiene fuerzas. Se hunde por segunda vez.

Ve a su madre sentada en una silla de respaldo alto, leyendo la carta que la informa de su muerte. Su hermano está de pie, a su lado, leyendo por encima de su hombro.

Lo siguiente que sabe es que está tendido en la orilla del río y Michael, el guía de su tropa con el que aún no se había atrevido a hablar por timidez, está sentado a horcajadas sobre él. Cierra los ojos, lo domina una sensación de bienestar. Lo han salvado.

Durante las semanas siguientes no deja de pensar en Michael, en cómo arriesgó su vida zambulléndose en el río para rescatarlo. Cada vez que lo recuerda se queda maravillado de que Michael reparara en lo que estaba ocurriendo: reparara en él, reparara en que estaba ahogándose. Comparado con Michael (que está en séptimo y ha conseguido todos los galardones excepto los más altos y va a convertirse en un scout de mayor rango), él es un ser insignificante. Habría sido mucho más normal que Michael no reparara en que se hundía, incluso que no lo hubiera echado de menos hasta regresar al campamento. Entonces todo lo que se hubiera requerido de Michael habría sido que escribiera la carta a su madre, con el frío y formal comienzo característico de esas cartas: «Lamentamos comunicarle...».

A partir de ese día sabe que tiene algo especial. Podría haber muerto, pero no ha sido así. A pesar de ser indigno de ella, se le ha dado una segunda vida. Estuvo muerto, pero ahora está vivo.

A su madre no le cuenta una sola palabra de lo que le pasó en la acampada.

4

El mayor secreto de su vida en el colegio, el secreto que no le cuenta a nadie en casa, es que se ha convertido al catolicismo, que a efectos prácticos «es» católico.

Le es difícil plantear el tema en casa porque su familia «no es» nada. Naturalmente son sudafricanos, pero incluso ser sudafricano es un poco vergonzoso y por tanto no se habla de ello, puesto que no todo el que vive en Sudáfrica es sudafricano, o al menos no un sudafricano decente.

En lo que concierne a la religión, desde luego no son nada. Ni siquiera en la familia de su padre, que es mucho más moderada y normal que la de su madre, va nadie a la iglesia. En cuanto a él, solo ha estado en la iglesia dos veces en su vida: una para bautizarse y otra para celebrar la victoria en la segunda guerra mundial.

La decisión de «ser» católico la ha tomado sin pensárselo dos veces. La primera mañana en su nueva escuela, mientras el resto de la clase se dirige al salón de actos del colegio, se les pide a él y a otros tres chicos que esperen. «¿Cuál es tu religión?», pregunta la profesora a cada uno de ellos. Él mira a izquierda y derecha. ¿Cuál será la respuesta correcta? ¿Entre qué religiones se puede optar? ¿Es como lo de los rusos y los norteamericanos? Le llega el turno. «¿Cuál es tu religión?», le pregunta la profesora. Está sudando, no sabe qué contestar. «¿Eres protestante, católico o judío?», insiste impacientándose. «Católico», dice él.

Cuando el interrogatorio ha terminado, les pide a él y a otro chico que afirma ser judío que se queden allí; los dos que dicen ser protestantes van a reunirse con los demás. Esperan a ver qué hacen con ellos. Pero no ocurre nada. Los pasillos están vacíos, el edificio en silencio, no quedan profesores.

Caminan hasta llegar al patio donde se unen a la chusma, los otros chicos que no han ido a la asamblea religiosa. Es la temporada de las canicas; en medio del silencio extraordinario que reina en el patio, solo roto por las llamadas de las palomas en el cielo y el eco apagado de los cánticos a lo lejos, juegan a las canicas. El tiempo pasa. La campana anuncia el fin de la asamblea. El resto de los chicos regresa del salón, marchando en filas, una por cada clase. Algunos parecen estar de mal humor. «*Jood!*», silba entre dientes un chico afrikaner cuando pasa por su lado: ¡Judío! Cuando vuelven a clase, nadie sonríe.

El episodio le inquieta. Espera que al día siguiente les hagan esperar a él y a los otros chicos y les propongan elegir de nuevo. Entonces él, que obviamente se ha equivocado, podrá corregirse y ser protestante. Pero no habrá una segunda oportunidad.

Dos veces a la semana se repite la operación de separar la cizaña del buen grano. Se deja a los judíos y a los católicos con sus asuntos mientras los protestantes se reúnen para entonar himnos y escuchar sermones. Para vengarse de ello, y para vengarse de lo que los judíos le hicieron a Jesús, los chicos afrikaners, grandotes, brutales, apresan algunas veces a un judío o a un católico y le dan puñetazos en los bíceps, puñetazos rápidos y ensañados, o le pegan un rodillazo en la entrepierna, o le doblan los brazos detrás de la espalda hasta que suplica clemencia. «*Asseblief!*», gimotea el niño: ¡Por favor! «*Jood! Vuilgoed!*», le insultan por toda respuesta: ¡Judío! ¡Asqueroso!

Un día, durante el recreo, dos chicos afrikaners lo acorralan y lo arrastran hasta la esquina más alejada del campo de rugby. Uno de ellos es gordo y enorme. Él les suplica. «*Ek is nie 'n Jood nie*», dice: Yo no soy judío. Les ofrece su bicicleta, les prestará su bicicleta toda la tarde. Cuanto más entrecortada le sale la voz, más se ríe el gordo. Eso es evidentemente lo que le gusta: que le suplique, que se rebaje.

El chico gordo saca algo del bolsillo de la camisa, algo que ahora explica por qué lo han arrastrado hasta este rincón apartado: es una oruga verde, que se agita. Mientras el amigo le sujeta los brazos por detrás de la espalda, el chico gordo le aprieta las barras de la mandíbula hasta abrirle la boca y le mete la oruga dentro. Él la escupe, ya partida y exudando los jugos. El gordo la estruja y le unta los labios. «*Jood!*», dice, y se limpia la mano en la hierba.

Aquella fatídica mañana había decidido ser católico romano por Roma, por Horacio y sus dos camaradas que, espada en mano, llevando cascos con cimeras y con un brillo de valor indomable en la mirada, defendieron el puente sobre el Tíber de las hordas etruscas. Ahora, paso a paso, gracias a los otros chicos católicos, descubre qué es en realidad ser un católico. Los católicos no tienen nada que ver con Roma. Los católicos ni siquiera han oído hablar de Horacio. Los católicos van a catequesis los viernes por la tarde; se confiesan; toman la comunión. Eso es lo que hacen los católicos.

Los otros chicos católicos lo acorralan e interrogan: ¿ha ido a catequesis, se ha confesado, ha comulgado? ¿Catequesis? ¿Confesión? ¿Comunión? Ni siquiera sabe lo que significan esas palabras. «Solía ir en Ciudad del Cabo», dice, intentando salirse por la tangente. «¿Adónde?», le preguntan. No sabe el nombre de ninguna iglesia de Ciudad del Cabo, pero ellos tampoco. «El viernes tienes que venir a catequesis», le ordenan. Pero no va y los otros informan al cura de que hay un apóstata en tercer curso. El cura le envía un mensaje que los otros se encargan de transmitirle: debe ir a catequesis. Él sospecha que los otros se han inventado el mensaje, así que al viernes siguiente se queda en casa, sin llamar la atención.

Los chicos católicos mayores empiezan a darle a entender que no se creen sus historias de que era católico en Ciudad del Cabo. Pero ha ido demasiado lejos, ya no hay vuelta atrás. Si dice: «Cometí un error, en realidad soy protestante», sería una deshonra. Por otro lado, incluso teniendo que soportar las burlas de los afrikaners y los interrogatorios de los católicos auténticos, ¿no lo valen las dos horas libres a la semana, horas libres para vagar por los campos de juego desiertos, hablando con los judíos?

Un sábado por la tarde, cuando todo el mundo en Worcester, aturdido por el calor, se ha ido a dormir, saca su bicicleta y pedalea hasta Dorp Street.

Habitualmente evita pasar por Dorp Street, porque ahí es donde está la iglesia católica. Pero hoy esa calle está vacía, no se oye ningún ruido excepto el rumor del agua en los surcos. Él pasa pedaleando indiferente, haciendo como que no mira.

La iglesia no es tan grande como se pensaba. Es un edificio bajo, liso, con una pequeña estatua sobre el pórtico: la Virgen, con una capucha, sosteniendo al niño.

Llega al final de la calle. Le gustaría dar media vuelta y volver a pasar para echar un segundo vistazo, pero tiene miedo de tentar a la suerte, miedo de que aparezca un cura de negro y le ordene que se pare.

Los chicos católicos le regañan y hacen comentarios burlones, los protestantes lo persiguen, pero los judíos no juzgan. Los judíos hacen como si no se enteraran. Los judíos también llevan zapatos. Por alguna razón se siente cómodo con los judíos. Los judíos no son tan malos.

Sin embargo, hay que andarse con cuidado con los judíos. Porque están en todas partes, porque los judíos están adueñándose del país. Eso es lo que él escucha de boca de todos, pero especialmente de sus tíos, los dos hermanos solteros de su madre, cuando vienen a visitarla. Norman y Lance vienen todos los veranos, como las aves migratorias, aunque rara vez al mismo tiempo. Duermen en el sofá, se levantan a las once de la mañana, remolonean por la casa durante horas, medio vestidos, despeinados. Ambos tienen coche; a veces se les puede convencer para que lleven a alguien a dar una vuelta por la tarde, pero parece que prefieren pasar el rato fumando y bebiendo té y hablando de los viejos tiempos. Después cenan, y después de cenar, juegan al póquer o a los naipes hasta medianoche con cualquiera al que logren convencer de que no se acueste.

Le encanta que su madre y sus tíos cuenten por enésima vez los episodios de su infancia en la granja. Nunca es tan feliz como cuando oye esas historias, y los chistes y las risas que las acompañan. Sus amigos no proceden de familias con historias semejantes. Eso es lo que lo separa de ellos: las dos granjas a sus espaldas, la granja de su madre, la de su padre, y las historias de aquellas granjas. Gracias a las granjas, su pasado tiene unas raíces; gracias a las granjas, él posee una entidad.

Hay una tercera granja: Skipperskloof, cerca de Williston. Su familia no tiene raíces allí, con ella han emparentado por matrimonio. Sin embargo, Skipperskloof es importante también. Todas las granjas lo son. Las granjas son lugares de libertad, de vida.

Por todas las historias que Norman, Lance y su madre cuentan revolotean las figuras de los judíos: cómicos y maliciosos, pero también taimados y crueles, como los chacales. Los judíos de Oudtshoorn iban a la granja todos los años a comprar plumas de avestruz al padre de ellos, su abuelo. Fueron los hermanos y la madre quienes lo convencieron de que debía dejar la lana para dedicarse solo a la cría de avestruces. Las avestruces lo harían millonario, le dijeron. Entonces, un día, la cotización de las plumas de avestruz cayó en picado. Los judíos se negaron a comprar más plumas y su abuelo se arruinó. Todos los propietarios del distrito se arruinaron y los judíos se apoderaron de sus granjas. Así es como operan los judíos, dice Norman: nunca te fíes de un judío.

Su padre se pone serio. Su padre no puede permitir que se desacredite a los judíos, porque es empleado de uno de ellos. Standard Canners, donde trabaja como contable, pertenece a Wolf Heller. De hecho fue Wolf Heller quien lo hizo venir de Ciudad del Cabo a Worcester cuando perdió su empleo en la administración pública. El futuro de su familia está ligado al de Standard Canners, que en los pocos años que han pasado desde que Wolf Heller tomó las riendas, se ha convertido en un gigante del negocio de las conservas. Su padre dice que para alguien como él, con méritos probados, hay unas perspectivas maravillosas en Standard Canners.

De modo que Wolf Heller está exento de las críticas generales a los judíos. Wolf Heller cuida de sus empleados. En Navidad incluso les hace regalos, aunque la Navidad no signifique nada para los judíos.

Los niños de Heller no van a la escuela de Worcester. Si Heller tiene algún hijo, probablemente lo ha enviado a SACS, en Ciudad del Cabo, que es una escuela judía en todo menos en el nombre. Tampoco hay familias judías en Reunion Park. Los judíos de Worcester viven en la parte más vieja, más frondosa, más umbría de la ciudad. Aunque hay judíos en su clase, estos nunca lo invitan a sus casas. Solo los ve en el colegio, sobre todo durante las horas de asamblea, cuando separan a los judíos y a los católicos y los someten a la ira de los protestantes.

Cada dos por tres, sin embargo, por razones nada claras, se suspende el permiso que los deja en libertad durante la asamblea y se les convoca para que acudan al salón.

El salón está siempre abarrotado. Los chicos mayores ocupan los asientos, mientras que los más pequeños se amontonan en el suelo. Los judíos y los católicos —a lo sumo una veintena entre todos— se abren paso entre ellos buscando sitio. Subrepticiamente, agarrándoles los tobillos con las manos, tratan de hacerles tropezar.

El pastor ya ha subido al estrado. Es un hombre joven y pálido vestido de negro y con corbata blanca. Pronuncia el sermón con voz alta, cantarina, alargando las vocales, articulando cada letra de cada palabra exageradamente. Cuando la locución termina, tienen que levantarse para rezar. ¿Qué debe hacer un católico durante los rezos protestantes? ¿Cierra los ojos y mueve los labios, o hace como si no estuviera allí? No alcanza a ver a ninguno de los auténticos católicos; mira al infinito y desenfoca la mirada.

El pastor se sienta. Todos sostienen el libro de los cánticos; es el momento de cantar. Una de las profesoras sube para dirigir. «*Al die veld is vrolik, al die voëltjies sing.* Todo el campo está feliz, todos los pájaros cantan», entonan los más pequeños. Los mayores se levantan entonces. «*Vit die blou van onse hemel.* Desde el azul de nuestro cielo», cantan impostando la voz, concentrados, mirando serios al frente: el himno nacional, el himno nacional de ellos. Con miedo, nerviosamente, los más jóvenes se les unen. Inclinándose sobre todos, moviendo los brazos como si estuviera recogiendo plumas, la profesora trata de animarlos, de darles fuerza. «*Ons sal antwoord op jou roepstem, ons sal offer watt jy vra*», cantan. Responderemos a tu llamada.

Por fin termina el himno. Los profesores bajan del estrado: primero el director del colegio, luego el pastor, y el resto detrás. Los chicos salen en fila del salón. Un puño se estrella contra sus riñones, un golpe seco, rápido, invisible. «*Jood!* ¡Judío!», susurra una voz. Está fuera, es libre, puede respirar aire fresco de nuevo.

Pese a las amenazas de los católicos auténticos, pese a la posibilidad siempre latente de que el cura visite a sus padres y lo desenmascare, está agradecido a la inspiración que le hizo elegir Roma. Siente gratitud por la iglesia que lo ampara; no lo lamenta, no desea dejar de ser católico. Si ser protestante significa entonar himnos y escuchar sermones y salir a atormentar a los judíos, no quiere ser protestante. No es culpa suya si los católicos de Worcester son católicos sin saber nada de Roma ni de Horacio y sus camaradas resistiendo en el puente sobre el Tíber («Tíber, el padre Tíber, al que nosotros, los romanos, rezamos»), ni de Leónidas y sus espartanos resistiendo el ataque en Termópilas, ni de Roland impidiéndoles el paso a los sarracenos. No concibe nada más heroico que repeler un ataque, nada más noble que dar la propia vida para salvar a otros que después llorarán sobre tu cadáver. Eso es lo que anhela ser: un héroe. Eso es lo que un católico auténtico debería ser.

Es una tarde de verano; después de un día largo y caluroso, ha refrescado. Se encuentra en los jardines públicos, donde ha estado jugando al críquet con Greenberg y Goldstein: Greenberg es brillante en clase pero pésimo en críquet; Goldstein, de grandes ojos castaños, lleva sandalias y es muy elegante. Es tarde, bien pasadas las siete y media. Los jardines están desiertos. Han tenido que dejar el críquet: está ya demasiado oscuro como para que puedan ver la pelota. Así que se dedican a pelear, a luchar como si fueran otra vez niños, rodando por el césped, haciéndose cosquillas, desternillándose de risa. Se levanta, respira hondo. Una oleada de gozo lo invade. «Nunca he sido más feliz en mi vida. Me gustaría quedarme con Greenberg y Goldstein para siempre», piensa.

Se marchan. Es verdad. Le gustaría vivir siempre así, paseando en bicicleta por las calles anchas y vacías de Worcester, al atardecer de un día de verano, cuando han llamado a todos los niños y solo él sigue fuera, como un rey.

5

Ser católico es una parte de su vida que se reserva para el colegio. Preferir los rusos a los norteamericanos es un secreto tan oscuro que no puede revelárselo a nadie. Que te gusten los rusos es un asunto serio. Pueden condenarte al ostracismo.

Dentro de su armario, en una caja, guarda el libro de dibujos que hizo en 1947, en el momento álgido de su pasión por los rusos. Los dibujos, hechos con lápiz de punta gruesa y coloreados con ceras, muestran a los aviones rusos abatiendo a los aviones norteamericanos en el cielo, a los barcos rusos hundiendo a los barcos norteamericanos. Aunque ya ha remitido el fervor de aquel año, cuando las noticias de la radio provocaron una oleada de hostilidad contra los rusos y todo el mundo tuvo que tomar partido, él se mantiene leal en secreto: leal a los rusos, pero sobre todo leal a sí mismo, a quien era cuando hizo esos dibujos.

Aquí en Worcester nadie sabe que le gustan los rusos. En Ciudad del Cabo estaba su amigo Nicky, con quien jugaba a la guerra con soldaditos de plomo y un cañón con un muelle que disparaba cerillas; pero cuando se dio cuenta de lo peligrosas que eran sus alianzas, de lo que se estaba jugando, le hizo jurar a Nicky que guardaría el secreto, y pasado algún tiempo, para asegurarse, le contó que se había cambiado de bando y que ahora le gustaban los norteamericanos.

En Worcester, a nadie salvo a él le gustan los rusos. Su lealtad a la Estrella Roja lo aparta absolutamente de todos.

¿De dónde procede este enamoramiento, que incluso a él mismo le resulta extraño? Su madre se llama Vera: Vera, con su helada V mayúscula, una flecha cayendo. Vera, le contó su madre una vez, es un nombre ruso. La primera vez que le plantearon que los rusos y los norteamericanos eran antagonistas entre los cuales tenía que escoger («¿A quién prefieres: a Jan Christiaan Smuts o a Daniel-François Malan? ¿A quién prefieres: a Supermán o al Capitán América? ¿A quién prefieres: a los rusos o a los norteamericanos?»), escogió a los rusos como había escogido a los romanos: porque le gustaba la letra «r», especialmente la R mayúscula, la más sonora de todas las letras.

Eligió a los rusos en 1947, cuando todo el mundo se puso de parte de los norteamericanos; y como los había elegido, se entregó a leer cosas sobre ellos. Su padre había comprado una historia de la segunda guerra mundial en tres volúmenes. Le encantaban esos libros y los estudiaba detenidamente, estudiaba las fotografías de los soldados rusos con sus uniformes blancos de esquí, los soldados rusos con ametralladoras escabulléndose entre las ruinas de Stalingrado, los comandantes de los carros blindados rusos escrutando el horizonte con sus binóculos. (El T-34 ruso era el mejor carro blindado del mundo, mejor que el Sherman de los norteamericanos, mejor incluso que el Tiger de los alemanes.) Se detenía una y otra vez en la ilustración que mostraba a un piloto ruso inclinando su bombardero sobre la columna de carros blindados alemanes destrozados y en llamas. Adoptó todo lo ruso. Adoptó al mariscal de campo Stalin, severo pero paternal, el mejor y el más perspicaz estratega de la guerra; adoptó el borzoi, el perro pastor ruso, el más veloz de todos los perros. Sabía todo lo que se podía saber sobre Rusia: la extensión en kilómetros cuadrados, la producción en toneladas de acero y de carbón, la longitud de cada uno de sus grandes ríos: el Volga, el Dniéper, el Yenisei y el Obi.

Y entonces lo comprendió por la desaprobación de sus padres, por la perplejidad de sus amigos, por lo que los padres de estos comentaban cuando les hablaban de él: no era ningún juego que le gustaran los rusos; estaba prohibido.

Al parecer, siempre se equivoca en algo. Quiera lo que quiera, le guste lo que le guste, tarde o temprano tiene que convertirlo en un secreto. Empieza a verse a sí mismo como una de esas arañas que vive en un agujero con trampilla cavado en la tierra. La araña siempre tiene que estar regresando a toda prisa a su agujero, cerrando la trampilla, excluyéndose del mundo, escondiéndose.

En Worcester mantiene en secreto su pasado ruso, esconde el censurable libro de dibujos, con las estelas de humo de los cazas enemigos que se estrellan en el océano y los barcos de guerra hincando sus proas bajo las olas. En lugar de dibujar se dedica a jugar partidos de críquet imaginarios. Utiliza la raqueta de playa de madera y una pelota de tenis. El reto es mantener la pelota en el aire el máximo tiempo posible. Se pasa horas dando vueltas a la mesa del comedor y haciendo botar la pelota en la raqueta. Antes de empezar retira todos los jarrones y los adornos; cada vez que la pelota da en el techo, cae una fina ducha de polvo rojizo.

Juega partidos enteros, once bateadores a cada lado, cada uno batea dos veces. Cada golpe equivale a un run. Cuando, por falta de atención, pierde una bola, se elimina un bateador, y el chico anota su puntuación en el marcador. Los gigantescos totales van ascendiendo: quinientos runs, seiscientos runs. Una vez Inglaterra puntúa mil runs, algo que nunca ha hecho un equipo de verdad. Unas veces gana Inglaterra, otras Sudáfrica; rara vez Australia o Nueva Zelanda.

En Rusia y en Norteamérica no se juega al críquet. Los norteamericanos juegan al béisbol; los rusos no parece que jueguen a nada, quizá porque allí siempre está todo nevado.

Él no sabe qué hacen los rusos cuando no están en guerra.

No les dice nada a los amigos de sus partidos privados de críquet, se los guarda para casa. Una vez, a los pocos meses de haber llegado a Worcester, un chico de su clase se coló en su casa por la puerta de entrada y se lo encontró tumbado boca arriba debajo de una silla. «¿Qué haces?», le preguntó. «Pienso —le respondió sin pensar—: Me gusta pensar.» Al poco tiempo lo sabía toda la clase: el chico nuevo era raro, no era normal. Gracias a ese error ha aprendido a ser más prudente. Y la mejor forma de ser prudente siempre es hablar de menos antes que de más.

También juega al críquet auténtico con cualquiera que esté dispuesto a jugar. Pero jugar al críquet auténtico en la plaza vacía que hay en medio de Reunion Park es tan lento que resulta inaguantable; la bola siempre anda perdiéndose: la pierde el bateador, la pierde el receptor. Él odia ir a buscar las bolas que se han perdido. También odia hacer de jugador de campo sobre la tierra pedregosa, con la que te hieres las manos y las rodillas cada vez que te caes. Quiere batear o lanzar, eso es todo.

Con la promesa de prestarle sus juguetes convence a su hermano, aunque solo tiene seis años, de que le lance en el patio trasero. El hermano le lanza un rato, hasta que se aburre, se enfada y se mete en la casa corriendo en busca de protección. Intenta enseñar a lanzar a su madre, pero ella no logra concentrarse. Se troncha de risa ante su propia torpeza, y él se exaspera por momentos. Así que decide que sea ella quien batee. Pero el espectáculo es demasiado vergonzoso, cualquiera podría verlo con facilidad desde la calle: una madre jugando al críquet con su hijo.

Corta una lata de mermelada por la mitad y clava la parte del fondo a un palo de madera de medio metro. Monta el palo en un eje atravesado en una caja de cartón cargada de ladrillos. Ata al palo una cinta de goma de neumático que sujeta a la caja y, por la parte opuesta, una cuerda que pasa a través de una argolla. Mete una bola en la lata, retrocede nueve metros, tira de la cuerda hasta que tensa la goma, pisa la cuerda con el talón, toma posición de bateador y la suelta. A veces la bola se pierde en el aire, otras va directa a su cabeza; pero de vez en cuando vuela bastante bien y el chico puede golpearla. Se conforma con eso: ha lanzado y bateado él solo, es todo un triunfo, nada es imposible.

Un día en que se siente de humor para las confianzas temerarias, le pide a Greenberg y a Goldstein que cuenten sus primeros recuerdos. Greenberg pone impedimentos: no es un juego de su agrado. Goldstein cuenta una larga historia sin sentido sobre el día que lo llevaron a la playa, una historia a la que él apenas presta atención. Porque el objetivo del juego, naturalmente, es permitirle a él contar sus primeros recuerdos.

Está asomado a la ventana de su piso en Johannesburgo. Empieza a caer la noche. Un coche se acerca rápidamente a lo lejos, baja la calle. Un perro, un perro pequeño y moteado, salta delante del coche. El coche atropella al perro: las ruedas le pasan por encima, justo por la mitad del cuerpo. El perro se aleja arrastrándose con las patas traseras paralizadas, aullando de dolor. Sin duda alguna morirá; pero en ese momento lo apartan de la ventana.

Es un primer recuerdo magnífico, que empequeñecería cualquier cosa que el pobre Goldstein pueda pescar de su pasado. Pero ¿es cierto? ¿Por qué estaba él asomado a la ventana mirando una calle vacía? ¿Vio realmente cómo el coche arrollaba al perro, o solo oyó aullar al perro y corrió a la ventana? ¿Es posible que no viera más que a un perro arrastrando sus patas traseras, y que inventara lo del coche y el conductor y el resto de la historia?

Tiene otro primer recuerdo, uno en el que confía enteramente pero que jamás contaría, y aún menos a Greenberg y a Goldstein, que lo divulgarían por todo el colegio, convirtiéndolo en el hazmerreír de sus compañeros.

Está sentado junto a su madre en el autobús. Debe de hacer frío, porque lleva unas polainas de lana de color rojo y un gorro de lana con un pompón. El motor del autobús funciona trabajosamente; están subiendo por la carretera salvaje y desolada del desfiladero de Swartberg Pass.

Lleva un envoltorio de caramelo en la mano. Lo sostiene fuera de la ventana, apenas abierta un dedo. El envoltorio flamea y tremola en el aire.

«¿Lo suelto?», le pregunta a su madre.

Ella asiente con la cabeza. El chico lo suelta.

El trozo de papel vuela hacia el cielo. Abajo no hay nada, salvo el siniestro abismo del desfiladero, rodeado por las cumbres heladas de las montañas. Estira el cuello y consigue echar un último vistazo al papel, todavía volando con arrojo.

«¿Qué le ocurrirá?», le pregunta a su madre; pero ella no sabe de qué le habla.

Ese es el otro primer recuerdo, el secreto. No deja de pensar en el trozo de papel, solo en aquella inmensidad, y en que él lo abandonó cuando no debería haberlo abandonado. Algún día tendrá que regresar a Swartberg Pass para encontrarlo y rescatarlo. Es su obligación: no morirá antes de haberlo hecho.

Su madre desprecia profundamente a los hombres que «no son hábiles con las manos», entre los que cuenta a su padre, pero también a sus propios hermanos, y sobre todo al mayor de ellos, a Roland, que si hubiera trabajado lo bastante para saldar sus deudas podría haber conservado la propiedad de la granja, pero no lo hizo. De los muchos tíos que tiene por parte de su padre (contando ocho carnales y otros ocho políticos), al que ella admira más es a Joubert Olivier, que ha instalado un generador eléctrico en Skipperskloof e incluso ha aprendido odontología por su cuenta. (En una de sus visitas a la granja, a él le da dolor de muelas. El tío Joubert lo sienta en una silla bajo un árbol y, sin anestesia, perfora el agujero y lo llena con gutapercha. Nunca antes en su vida había sufrido un dolor tan intenso.)

Cuando se rompen las cosas –platos, adornos, juguetes–, su madre las arregla con cuerda o con pegamento. Las cosas que ata se aflojan, porque no sabe hacer nudos. Las cosas que pega se despegan; ella culpa al pegamento.

Los cajones de la cocina están llenos de clavos doblados, trozos de cuerda, bolas de papel de estaño, sellos usados. «¿Por qué los guardamos?», pregunta él. «Por si acaso», le responde.

Cuando está enfadada, empieza a criticar los estudios. Debería mandarse a los niños a las escuelas de artes y oficios, dice, y después ponerlos a trabajar. Estudiar, simplemente, carece de sentido. Mejor es formarse como ebanista o carpintero, aprender a trabajar la madera. Está desencantada del trabajo en la granja: ahora que los granjeros se han hecho ricos de repente, lo único que cultivan es la holgazanería y la ostentación.

Porque el precio de la lana está subiendo como un cohete. Según la radio, los japoneses están pagando lo que se les pida por la de mejor calidad. Los granjeros que tienen ovejas se compran coches nuevos y se van a la playa por vacaciones. «Deberías darnos algún dinero, ahora que eres rico», le dice ella al tío Son durante una de sus visitas a Voëlfontein. Sonríe mientras habla, como si estuviera bromeando, pero no tiene ninguna gracia. El tío se avergüenza, murmura una respuesta que él no consigue captar.

Su madre le cuenta que la granja no estaba destinada únicamente al tío Son: la heredaron los doce hijos e hijas a partes iguales. Para salvarla de la subasta pública, los hijos y las hijas accedieron a vender sus partes a Son; de esa venta se llevaron pagarés por unas pocas libras cada uno. Ahora, gracias a los japoneses, la granja vale miles de libras. Son debería compartir su dinero.

A él le avergüenza la crudeza con que su madre habla del dinero.

«Debes hacerte doctor o abogado –le dice–. Esos son los que ganan dinero.» Sin embargo, en otros momentos afirma que los picapleitos son todos unos ladrones. Él no pregunta dónde encaja su padre en todo esto; su padre, el abogado que no ganó dinero.

Los doctores no se interesan por sus pacientes, le asegura ella. Tan solo te dan pastillas. Los doctores afrikaners son los peores, porque encima son unos incompetentes.

Dice tantas cosas distintas en distintos momentos que él no tiene ni idea de lo que piensa realmente. Él y su hermano discuten con ella, echándole en cara sus contradicciones. Si cree que los granjeros son mejores que los abogados, ¿por qué se casó con un abogado? Si cree que aprender de los libros carece de sentido, ¿por qué se hizo profesora? Cuanto más discuten, más sonríe ella. Disfruta tanto de la pericia de sus niños con las palabras que cede en todos los asaltos, sin defenderse apenas, deseando que ellos le ganen.

Él no comparte su placer. No le encuentra la gracia a esas discusiones. Desea que ella crea en algo. Lo exasperan sus juicios infundados, fruto de estados de ánimo pasajeros.

En cuanto a él, seguramente se hará profesor. Esa será su vida cuando se haga mayor. Parece una vida aburrida, pero ¿hay alguna otra posibilidad? Durante mucho tiempo pensó en hacerse maquinista. «¿Qué vas a ser de mayor?», solían preguntarle sus tías y tíos. «¡Maquinista!», gritaba él con voz aguda, y todo el mundo asentía con la cabeza y sonreía. Ahora entiende que «maquinista» es lo que se espera que digan todos los niños pequeños, igual que de las niñas pequeñas se espera que digan «enfermera». Él ya no es pequeño, pertenece al mundo adulto; tendrá que aparcar la fantasía de conducir un tren enorme y cumplir con lo que se espera de él. Se le da bien el colegio, y no ha descubierto ninguna otra cosa que sepa que se le da bien, por lo tanto se quedará en el colegio, ascendiendo de categoría. Algún día, puede que incluso llegue a inspector. En cualquier caso, no se someterá a un trabajo de oficina: no podría afrontar un trabajo que lo mantuviera ocupado de la mañana a la noche, con apenas dos semanas de vacaciones al año.

¿Qué clase de profesor será? Puede formarse una imagen muy vaga de sí mismo. Ve a alguien con chaqueta de sport y pantalones de franela (es lo que parece que visten los profesores), que camina por un pasillo llevando unos libros debajo del brazo. Apenas lo entrevé, un instante después la imagen se ha borrado. No ha podido verle la cara.

Espera que, cuando llegue el día, no lo envíen a enseñar a un sitio como Worcester. Aunque quizá Worcester sea un purgatorio por el que hay que pasar. Quizá Worcester sea el sitio al que envían a la gente para probarla.

Un día les encargan a los alumnos que escriban una redacción en clase: «Lo que hago por las mañanas». Se supone que tienen que escribir sobre las cosas que hacen antes de partir hacia el colegio. Él sabe lo que se espera de él: que hace la cama, que friega los platos del desayuno, que prepara los bocadillos para el recreo. Aunque en realidad no hace ninguna de estas cosas –se las hace su madre–, miente lo bastante bien como para no ser descubierto. Pero se pasa de listo cuando describe cómo se limpia los zapatos. En su vida se ha limpiado los zapatos. En la redacción dice que el cepillo se usa para quitar la suciedad, y que después se da betún al zapato. La señorita Oosthuizen coloca un gran signo de exclamación en color azul junto a la descripción del cepillado de los zapatos. Él se siente mortificado, reza para que no lo saque a leer su redacción delante de toda la clase. Esa tarde se fija atentamente en cómo su madre le limpia los zapatos, para no volver a equivocarse jamás.

Deja que su madre le limpie los zapatos al igual que la deja hacer por él todo lo que ella quiera. La única cosa que no la dejará hacer más es entrar en el cuarto de baño cuando está desnudo.

Sabe que es un mentiroso, sabe que es malvado, pero no cambia. No cambia porque no quiere cambiar. Lo que lo diferencia de los otros chicos quizá guarde relación con su madre y su familia anormal, pero también está ligado a sus mentiras. Si dejara de mentir. tendría que dar betún a sus zapatos y hablar con educación y hacer todo lo que los chicos normales hacen. En ese caso, dejaría de ser él mismo. Y si ya no fuera él mismo, ¿merecería la pena vivir?

Es un mentiroso y también es frío de corazón: un mentiroso para el mundo en general, frío de corazón con su madre. A su madre le duele que se vaya apartando de ella cada vez más, y él se da cuenta. Sin embargo, endurece su corazón dispuesto a no ceder. Su única excusa es que tampoco tiene piedad consigo mismo. Miente, pero no se miente a sí mismo.

—¿Cuándo vas a morirte? —le pregunta un día, retándola, sorprendido de su propio atrevimiento.

—Yo no voy a morirme —le contesta. Habla alegremente, pero hay una nota falsa en su alegría.

—¿Y si contraes cáncer?

—Solo contraes cáncer si te golpean en el pecho. No tendré cáncer. Viviré siempre. No me moriré.

Él sabe por qué le dice eso. Lo dice por él y su hermano, para que no se preocupen. Es una tontería decir eso, pero se lo agradece.

No puede imaginársela muriendo. Ella es la cosa más firme de su vida. Es la roca en la que él se sostiene. Sin ella no sería nada.

Ella protege sus pechos cuidadosamente por si se los golpean. Su primer recuerdo de todos, anterior al del perro, anterior al del trozo de papel, es el de sus pechos blancos. Sospecha que debió herirlos cuando era un bebé, golpearlos con los puñitos, porque de otro modo ella no se los negaría tan inequívocamente, ella que no le niega nada.

El cáncer es el temor más grande de la vida de la madre. En cuanto a él, le han enseñado a ser precavido con los dolores en el costado, a tratar cada punzada como un síntoma de apendicitis. ¿Conseguirá la ambulancia llevarle al hospital antes de que su apéndice estalle? ¿Conseguirá despertarse de la anestesia? No le gusta pensar que un médico desconocido le abra por la mitad. Por otro lado, sería estupendo tener una cicatriz para enseñársela a la gente. Cuando se reparten cacahuetes y pasas durante el recreo en el colegio, él deja que el viento se lleve las pieles rojizas, finas como el papel, que recubren los cacahuetes, pues dicen que van a parar al apéndice, donde se pudren.

A él lo absorben sus colecciones. Colecciona sellos. Colecciona soldaditos de plomo. Colecciona cromos: cromos de jugadores australianos de críquet, cromos de futbolistas ingleses, cromos de coches del mundo. Para conseguir los cromos tiene que comprar paquetes de cigarrillos hechos de pasta de almendra y azúcar glaseado, con las boquillas pintadas de rosa. Tiene los bolsillos siempre llenos de cigarrillos deshechos y pegajosos que olvidó comerse.

Pasa horas interminables con su juego de Meccano, demostrándole a su madre que también él puede ser habilidoso. Construye un molino emparejando piezas de poleas. Las aspas giran tan rápido que levantan brisa en la habitación.

Él corre por el patio lanzando una bola de críquet al aire y recogiéndola sin romper el paso. ¿Cuál es la verdadera trayectoria de la bola: va derecha hacia arriba y derecha hacia abajo, que es como él la ve, o sube y cae trazando una parábola en el aire, que es como la vería alguien parado? Cuando le habla a su madre de cosas como esta, percibe la desesperación en su mirada: ella sabe que esas cosas son importantes, y quiere comprender por qué, pero no puede. En cuanto a él, desearía que ella se interesara en las cosas por las cosas mismas, no porque le interesen a él.

Cuando hay que realizar un trabajo práctico y ninguno de los dos sabe cómo hacerlo —por ejemplo, arreglar un grifo que gotea—, ella llama a un hombre de color de la calle, cualquiera, el que pase en ese momento por allí. ¿Por qué, le pregunta él enojado, tiene tal fe en la gente de color? Porque están acostumbrados a trabajar con las manos, le responde. Porque no han ido al colegio, porque no han aprendido de los libros, parece estar diciendo, saben cómo funcionan las cosas en el mundo real.

Es una tontería creer eso, especialmente cuando se pone de manifiesto que los extraños no tienen ni idea de cómo arreglar un grifo o reparar un hornillo. Aun así, es tan distinto de lo que cree todo el mundo, tan excéntrico, que a pesar de sí mismo lo encuentra atractivo. Prefiere que su madre espere maravillas de la gente de color a que no espere absolutamente nada de ellos.

Siempre está intentando darle sentido a lo que dice su madre. Los judíos son explotadores, dice; pero prefiere a los doctores judíos porque saben lo que se hacen. La gente de color son la sal de la tierra, dice, pero ella y sus hermanas están siempre chismorreando sobre supuestas blancas con antecedentes secretos de color. Él no puede entender que su madre sostenga tantas creencias contradictorias a la vez. Bueno, al menos tiene creencias. Sus hermanos también. Su hermano Norman cree en Nostradamus y en sus profecías sobre el fin del mundo; él cree en los platillos volantes que aterrizan durante la noche y se llevan a la gente. No puede imaginarse a su padre o a la familia de su padre hablando del fin del mundo. El único objetivo que tienen en la vida es evitar las polémicas, no ofender a nadie, ser agradables todo el tiempo; en comparación con la familia de su madre, resultan blandengues y aburridos.

Él está demasiado apegado a su madre, su madre demasiado apegada a él. Esa es la razón por la que, dejando de lado la caza y todas las otras cosas de hombre que hace durante sus visitas a la granja, la familia de su padre nunca lo haya acogido en su seno. Tal vez su abuela fuera excesivamente severa al negarles un hogar a ellos tres cuando, en 1944, estaban viviendo con media paga de un cabo interino, cuando eran tan pobres que ni siquiera podían comprar mantequilla o té, pero a la madre de su padre no le falló la intuición. La familia, con la abuela a la cabeza, no está tan ciega como para no ver el secreto de Poplar Avenue número doce: que el niño mayor es el primero de la casa; el segundo niño es el segundo, y el hombre, el marido, el padre, el último. Puede que su madre no se haya molestado lo suficiente en ocultárselo o que su padre se haya quejado en privado. En esta perversión del orden natural descubren algo profundamente insultante para su hijo y su hermano y, por lo tanto, para ellos mismos. No les parece bien y, sin ser rudos, no esconden su desaprobación.

Algunas veces, cuando está discutiendo con su padre y quiere apuntarse un tanto, su madre se queja amargamente del trato distante que recibe por parte de la familia de su marido. Sin embargo, por el bien de su hijo, porque sabe el lugar tan especial que ocupa la granja en la vida de él, porque ella no puede ofrecerle nada a cambio, la mayoría de las veces intenta congraciarse con ellos de una forma que él considera falta de tacto. Estos esfuerzos de ella corren parejos con las bromas sobre el dinero que no son bromas. Ella carece de orgullo. O por decirlo de otra forma: hará lo que haga falta por él.

Él desearía que su madre fuera normal. Si ella fuera normal, él sería normal.

Ocurre lo mismo con las dos hermanas de su madre. Tienen un niño cada una, un hijo, y están encima de ellos con una solicitud sofocante. Su primo Juan, en Johannesburgo, es el mejor amigo que tiene en el mundo: se escriben cartas, están deseando ir juntos de vacaciones al mar. Sin embargo, no le gusta ver a Juan avergonzado obedeciendo todas las instrucciones de su madre, incluso cuando ella no está allí para vigilarlo. De los cuatro primos, él es el único que no está enteramente bajo el control de su madre. Se ha distanciado, o se ha distanciado a medias: tiene sus propios amigos, que él mismo ha elegido, sale con la bicicleta sin decir adónde va ni cuándo volverá. Sus primos y su hermano no tienen amigos. Los ve pálidos, tímidos, siempre metidos en casa bajo la mirada vigilante de las fieras de sus madres. El padre llama a las tres hermanas de la madre las tres brujas. «Dobla y redobla el afán de la olla», dice, citando a *Macbeth*. Él asiente con gran regocijo, maliciosamente.

Cuando la madre se siente especialmente amargada de la vida en Reunion Park, dice que ojalá se hubiera casado con Bob Breech. Él no se la toma en serio. Pero al mismo tiempo no da crédito a sus oídos. Si ella se hubiera casado con Bob Breech, ¿dónde estaría él? ¿Quién sería? ¿Hubiera sido hijo de Bob Breech? ¿Hubiera sido el hijo de Bob Breech la misma persona que él?

Solo queda un testimonio tangible del Bob Breech auténtico. Se topa con él por casualidad en uno de los álbumes de su madre: una fotografía borrosa de dos jóvenes con pantalones blancos y chaquetas oscuras, de pie en una playa rodeando con los brazos el hombro del otro, con los ojos entornados por el sol. A uno de ellos lo conoce: es el padre de Juan. ¿Quién es el otro hombre?, le pregunta distraído a su madre. Bob Breech, le responde. ¿Dónde está ahora? Se murió, dice ella.

Estudia con atención los rasgos del fallecido Bob Breech. No descubre nada de sí mismo en ellos.

No pregunta nada más. Pero escucha a las hermanas, suma dos y dos, y así se entera de que Bob Breech vino a Sudáfrica por motivos de salud; que al cabo de un año o dos se volvió a Inglaterra; que allí murió. Murió tísico, pero se insinúa que regresó con el corazón partido y que eso precipitó su final: le partió el corazón una joven profesora de escuela de pelo oscuro, ojos oscuros y mirada cautelosa que conoció en Plettenberg Bay y no quiso casarse con él.

Le encanta ojear los álbumes. No importa lo desdibujada que sea la fotografía, siempre distingue a su madre entre el grupo: la de la mirada huidiza, a la defensiva, en la cual reconoce la versión femenina de sí mismo. Gracias a los álbumes él sigue la vida de su madre en los años veinte y treinta: primero, las fotografías de equipo (hockey, tenis); luego, las de su viaje a Europa: Escocia, Noruega, Suiza y Alemania; Edimburgo, los fiordos, los Alpes y Bingen, a la orilla del Rin. Entre sus recuerdos guarda un lapicero de Bingen, con una mirilla diminuta a un lado por la cual se ve una vista del castillo encaramado en lo alto de un acantilado.

A veces ojean el álbum juntos, él y ella. Ella suspira y dice que ojalá pudiera ver Escocia otra vez, los brezos, las campánulas. Él piensa: tuvo una vida antes de nacer yo. Se alegra por ella, porque ya no la tiene.

Esa Europa es una Europa bien distinta de la Europa del álbum de su padre, donde sudafricanos con uniforme caqui posan ante las pirámides de Egipto o entre los escombros de ciudades italianas. Pero en este álbum se entretiene menos con las fotografías que con las octavillas intercaladas entre estas, las octavillas que los aviones alemanes dejaban caer sobre las tropas aliadas. En una se explica a los soldados cómo provocarse fiebre (tomando sopa); otra muestra a una mujer atractiva sentada en las rodillas de un judío gordo y de nariz ganchuda, bebiendo champán. «¿Sabes dónde está tu mujer esta noche?», reza el pie de foto. Y después hay un águila de porcelana azul que su padre encontró entre las ruinas de una casa de Nápoles y que se trajo en su macuto, el águila del imperio que ahora está sobre la mesa del salón.

Él está orgullosísimo de que su padre participara en la guerra. Lo sorprende —y lo complace— descubrir que pocos de los padres de sus amigos lucharon en ella. De lo que no está seguro es de por qué su padre solo llegó a cabo interino: disimuladamente se calla lo de «cabo» cuando les cuenta a sus amigos las aventuras de su padre. Pero guarda como un tesoro la fotografía, tomada en un estudio de El Cairo, de su guapo padre mirando por el cañón de un fusil, con un ojo cerrado, el pelo pulcramente peinado, la boina doblada, como dictaba la moda, bajo la charretera. Si lo dejaran, la pondría en la repisa de la chimenea también.

Su padre y su madre discrepan en lo que concierne a los alemanes. A su padre le gustan los italianos (no tenían el corazón puesto en la guerra, dice: todo lo que querían era rendirse y regresar a casa), pero odia a los alemanes. Cuenta la anécdota de un alemán al que dispararon en el retrete. Unas veces es él quien dispara al alemán, otras veces es un amigo suyo; pero en ninguna de las versiones muestra compasión alguna, solo diversión ante la confusión del alemán tratando de levantar las manos y de subirse los pantalones a la vez.

Su madre sabe que no es buena idea elogiar a los alemanes de manera abierta, pero algunas veces, cuando el chico y su padre conspiran contra ella, olvida la discreción. «Los alemanes son la mejor gente del mundo —dice—. Fue ese horrible Hitler el que los llevó a tanto sufrimiento.»

El tío Norman no está de acuerdo. «Hitler logró que los alemanes se sintieran orgullosos de sí mismos», dice.

Su madre y Norman viajaron juntos por Europa en los años treinta: no solo por Noruega y las tierras altas de Escocia, sino también por Alemania, por la Alemania de Hitler. Sus dos familias —los Brecher y los Du Biel— proceden de Alemania, o al menos de Pomerania, que ahora está en Polonia. ¿Está bien ser de Pomerania? Él no está seguro. Pero al menos sabe de dónde procede.

«Los alemanes no querían luchar contra los sudafricanos —afirma Norman—. Les gustan los sudafricanos. De no haber sido por Smuts, nunca habríamos estado en guerra con Alemania. Smuts era un *skelm*, un criminal. Nos vendió a los británicos.»

Su padre y Norman no se caen bien. Cuando su padre quiere meterse con su madre, durante sus discusiones de madrugada en la cocina, se mofa del hermano, que no se enroló en el ejército, pero sí desfiló después en la Ossewabrandwag. «¡Eso es mentira!», replica ella enfadada. «Norman no estuvo en la Ossewabrandwag. Pregúntaselo tú mismo, él te lo dirá.»

Cuando le pregunta a su madre qué es la Ossewabrandwag, le dice que solo son tonterías, gente que desfiló por las calles con antorchas.

Los dedos de la mano derecha de Norman están amarillentos de la nicotina. Vive en una habitación de hotel en Pretoria desde hace años. Se gana la vida vendiendo un folleto sobre ju-jitsu que él mismo ha escrito y que anuncia en las páginas clasificadas del *Pretoria News*. «Aprenda el arte japonés de defensa personal», reza el anuncio. «Seis sencillas lecciones.» La gente le envía pedidos postales de diez chelines y él les hace llegar el folleto: un folio doblado en cuatro, con dibujos de las distintas llaves. Cuando el ju-jitsu no le proporciona dinero suficiente, vende parcelas para una agencia inmobiliaria a comisión. Se queda siempre en la cama hasta el mediodía, bebiendo té y fumando y leyendo historias en *Argosy* y *Lilliput*. Por las tardes juega al tenis. En 1938, hace doce años, fue campeón en individuales de la Provincia Oriental. Todavía ambiciona jugar en Wimbledon, en dobles, si logra encontrar una pareja.

Al final de su visita, antes de marcharse para Pretoria, Norman lo aparta y desliza un billete marrón de diez chelines en el bolsillo de su camisa. «Para helados», le murmura; las mismas palabras todos los años. A él le gusta Norman no solo por el regalo –diez chelines es mucho dinero–, sino por acordarse, por no olvidarse nunca.

Su padre prefiere al otro hermano, a Lance, el profesor de colegio de Kingwilliamstown que sí se enroló. También está el tercer hermano, el mayor, el que perdió la granja, aunque nadie lo menciona salvo su madre. «Pobre Roland», susurra ella, meneando la cabeza. Roland se casó con una mujer que se hacía llamar Rosa Rakosta, hija de un conde polaco exiliado, pero cuyo nombre auténtico, según Norman, es Sophie Pretorius. Norman y Lance odian a Roland por lo de la granja, y lo desprecian porque Sophie hace con él lo que quiere. Roland y Sophie llevan una pensión en Ciudad del Cabo. Él fue allí una vez, con su madre. Sophie resultó ser una mujer rubia, alta y gorda que llevaba un salto de cama de raso a las cuatro de la tarde y fumaba los cigarrillos con boquilla, y Roland un hombre callado de cara triste, con la nariz roja y bulbosa debido al tratamiento de radio que le había curado el cáncer.

Le gusta cuando su padre y su madre y Norman se enzarzan en discusiones políticas. Le gustan el ardor y la pasión, las cosas imprudentes que dicen. Lo sorprende comprobar que sus opiniones coinciden con las de su padre, el último a quien querría ver ganar: que los ingleses eran buenos y los alemanes malos, que Smuts era bueno y los nacionalistas malos.

A su padre le gusta el Partido Unido, a su padre le gusta el críquet y el rugby, y aun así, a él no le gusta su padre. No entiende esta contradicción, pero tampoco tiene interés en comprenderla. Incluso antes de conocer a su padre, es decir, antes de que su padre volviera de la guerra, había decidido que no iba a gustarle. En cierto sentido, por tanto, se trata de una aversión abstracta: no quiere tener padre, o al menos no quiere un padre que viva en la misma casa que él.

Lo que más odia de su padre son sus hábitos personales. Los odia tanto que el mero hecho de pensar en ellos le hace estremecerse de asco: lo fuerte que se suena la nariz en el baño por las mañanas, el olor acre a jabón de afeitar que deja en el lavabo, junto con un cerco de espuma y pelos. Sobre todo odia cómo huele su padre. Pero, por otro lado, le gustan a su pesar las ropas elegantes de su padre, la bufanda castaña que se pone en lugar de la corbata los sábados por la mañana, su aspecto aseado, su vigor al andar, su pelo engominado. Él también se pone gomina para tener un tupé.

No le gusta ir al barbero, le desagrada tanto que incluso intenta, con resultados vergonzosos, cortarse él mismo el pelo. Los barberos de Worcester parecen haberse puesto de acuerdo en que los chicos tienen que llevar el pelo corto. Las sesiones empiezan del modo más brutal posible, con la maquinilla eléctrica rasurando el pelo de la nuca y de los lados, a lo que siguen unos tijeretazos implacables hasta que solo queda una mata de pelo cortada a cepillo y, con suerte, un mechón sobre la frente. Incluso antes de que la sesión acabe ya se siente morir de la vergüenza; paga el chelín y se va rápido a casa, temiendo el colegio al día siguiente, temiendo el ritual de burlas con que se recibe a todo chico recién pelado. Hay dos tipos de cortes de pelo: los correctos y los que se sufren en Worcester, cargados de la venganza de los barberos; no sabe dónde tiene que ir, qué tiene que hacer o decir, cuánto tiene que pagar para conseguir un corte de pelo en condiciones.

6

Aunque va al cine todos los sábados por la tarde, las películas ya no se apoderan de él como ocurría en Ciudad del Cabo, donde sufría pesadillas en las que era aplastado por un ascensor o se caía de los acantilados como los héroes de los seriales. No entiende por qué se supone que Errol Flynn, que tiene exactamente el mismo aspecto cuando interpreta a Robin Hood que cuando hace de Alí Babá, es un gran actor. Está harto de las persecuciones a caballo, que siempre son iguales. Los tres Stooge empiezan a parecerle tontos. Y es difícil creer en Tarzán cuando los hombres que hacen de Tarzán no paran de cambiar. La única película que le impresiona es una en la que Ingrid Bergman se mete en un vagón de tren infectado de viruela y muere. Ingrid Bergman es la actriz favorita de su madre. ¿Ocurren estas cosas en la vida? ¿Podría su madre morirse en cualquier momento tan solo por no leer un rótulo en una ventanilla?

También está la radio. Se ha hecho demasiado grande para «El Rincón de los Niños», pero es fiel a los seriales: Supermán a las cinco en punto todos los días («¡Alto! ¡Alto y lejos!»), el mago Mandrake a las cinco y media. Su relato favorito es «El ganso de las nieves», de Paul Gallico, que la emisora A programa una y otra vez a petición popular. Es la historia de un ganso salvaje que guía las barcas desde las playas de Dunquerque a Dover. Él lo escucha con lágrimas en los ojos. Quiere ser algún día tan fiel como lo es el ganso de las nieves.

En la radio dan una versión adaptada de *La isla del tesoro*, un episodio de media hora a la semana. Él tiene su propio ejemplar de *La isla del tesoro*; pero lo leyó cuando era muy pequeño, y no entendió lo del ciego y la «mota negra», ni fue capaz de discernir si Long John Silver era bueno o malo. Ahora, después de cada episodio de la radio, tiene pesadillas con Long John como protagonista: de la muleta con la que mata a la gente, de la engañosa y sensiblera preocupación que muestra por Jim Hawkins. Desea que el caballero Trelawney mate a Long John en lugar de dejar que se vaya: está seguro de que volverá algún día con sus sanguinarios amotinados para vengarse, del mismo modo que vuelve en sus sueños.

La familia del Robinson suizo es mucho más agradable. Él tiene un bonito ejemplar del libro, con láminas a color. Le gusta sobre todo el dibujo del barco sobre el armazón de troncos bajo los árboles, el barco que la familia ha construido con herramientas rescatadas del naufragio para poder regresar a casa con todos sus animales, como en el arca de Noé. Es un deleite, como sumergirse en un baño de agua caliente, dejar atrás la isla del tesoro y entrar en el mundo de la familia Robinson. En la familia Robinson no hay hermanos malos ni piratas sanguinarios, todos trabajan juntos y felices bajo la guía del padre, fuerte y sabio (en los dibujos aparece con un gran torso y una larga barba castaña), que sabe desde el principio todo lo que hay que hacer para salvarlos. Lo único que le desconcierta es por qué motivo, si están tan cómodos y son tan felices en la isla, quieren abandonarla.

Tiene un tercer libro, *Scott en el Antártico*. El capitán Scott es uno de sus héroes indiscutidos: por eso le regalaron el libro. Trae fotografías, incluida una de Scott sentado y escribiendo en la tienda en la que más tarde moriría congelado. Mira las fotografías a menudo, pero no avanza demasiado en la lectura: es aburrido, no es un cuento. Solo le gusta el trozo sobre Titus Oates, el hombre con síntomas de congelación que, para no retrasar más a sus compañeros, se adentró en la noche, en la nieve y el hielo, y pereció a solas, sin causar trastornos. Espera ser algún día como Titus Oates.

Una vez al año el circo Boswell llega a Worcester. Todos los de su clase van; durante una semana se habla del circo y de nada más. Incluso los niños de color van, a su manera: merodean por los alrededores de la carpa durante horas, escuchando a la orquesta, espiando por las ranuras.

Planean ir la tarde del sábado, cuando su padre juega al críquet. Su madre lo convierte en una excursión para los tres. Pero en la taquilla escucha con asombro los elevados precios de los sábados por la tarde: dos chelines con seis para los niños, cinco para los adultos. No lleva dinero suficiente. Compra las entradas para él y su hermano. «Entrad, yo os espero aquí», dice. A él se le han quitado las ganas de entrar, pero ella insiste.

Dentro se entristece, no logra divertirse; sospecha que su hermano se siente igual. Cuando salen al final del espectáculo, ella sigue allí. No consigue desterrar un pensamiento durante muchos días: su madre esperando pacientemente bajo el sol tórrido del mes de diciembre y él sentado en la carpa del circo para que lo entretengan como a un rey. Le perturba el amor ciego, abrumador, por el que lo sacrifica todo, de su madre tanto por su hermano como por él, pero sobre todo por él. Querría que no lo quisiera tanto. Ella lo ama de forma absoluta, y por tanto él debe amarla con la misma entrega: esa es la lógica que ella le impone. Nunca podrá devolverle todo el amor que derrama sobre él. La idea de una vida lastrada por una deuda de amor lo frustra y lo enfurece hasta el punto de que decide no besarla más, hasta rehúsa que ella lo toque. Cuando la madre se da la vuelta en silencio, herida, él endurece su corazón deliberadamente contra ella, negándose a ceder.

A veces, cuando se siente amargada, su madre larga extensos discursos para sí misma, comparando su vida estéril de ama de casa con la vida que vivió antes de casarse, una vida que ella presenta como un continuo desfile de fiestas y pícnics, de visitas de fin de semana a granjas, de tenis y golf y paseos con sus perros. Habla con esa voz queda y susurrante que solo los sibilinos aprecian: él en su habitación, y su hermano en la suya, aguzan los oídos para escuchar, y ella lo sabe. Esa es otra de las razones por las que su padre la llama bruja: porque habla para sí misma, haciendo conjuros.

La idílica vida en Victoria West viene avalada por las fotografías de los álbumes: su madre, junto a otras mujeres con largos vestidos blancos, de pie con sus raquetas de tenis en medio de lo que parece ser el *veld*; su madre rodeando con el brazo el cuello de un perro, un alsaciano.

—¿Este era tu perro? —le pregunta.

—Ese es Kim. Era el mejor, el perro más fiel que he tenido en mi vida.

—¿Qué le ocurrió?

—Comió carne envenenada que los granjeros habían puesto a los chacales. Murió en mis brazos.

Tiene los ojos llenos de lágrimas.

Después de que su padre haga aparición en el álbum dejan de salir perros. En su lugar, los ve a los dos de pícnic con sus amigos de aquella época, o a su padre, con su elegante bigotito y su mirada presumida, reclinado en el capó de un coche negro antiguo. Luego empiezan las fotos de él, docenas de fotos, la primera el retrato de un bebé de cara inexpresiva y rechoncho en brazos de una mujer morena y de mirada intensa que lo muestra a la cámara.

En todas estas fotografías, incluso en las fotografías en las que está con el bebé, le choca lo niña que era su madre. Su edad es un misterio que no deja de intrigarle. Ella no se lo dirá, su padre hace como si no lo supiera, incluso los hermanos y las hermanas de ella parecen haber jurado guardar el secreto. Cuando ella sale de casa, él revuelve sin éxito los papeles del último cajón de la cómoda, buscando su certificado de nacimiento. Por algún comentario que a ella se le ha escapado sabe que es mayor que su padre, que nació en 1912; pero ¿cuánto más? Él decide que nació en 1910. Eso significa que tenía treinta años cuando nació él y que ahora tiene cuarenta. «¡Tienes cuarenta!», le dice triunfante un día, mientras la observa de cerca buscando algún gesto que le demuestre que está en lo cierto. Ella le sonríe con misterio. «Tengo veintiocho», le dice.

Cumplen años el mismo día. Él nació en el día del cumpleaños de su madre. Eso significa, como ella le ha dicho, como le dice a todo el mundo, que él es un regalo de Dios.

Él no la llama madre, o mamá, sino Dinny. También su padre y su hermano la llaman así. ¿De dónde viene el apodo? Parece que nadie lo sabe; pero sus hermanos y hermanas la llaman Vera, así que no puede venir de la infancia. Ha de tener cuidado de no llamarla Dinny delante de extraños, como tiene que evitar llamar a sus tíos solo Norman y Ellen en lugar de tío Norman y tía Ellen. Pero decir tío y tía como un niño bueno, obediente y normal no es nada al lado de los circunloquios de los afrikaners. Los afrikaners no osan tutear a cualquiera que sea mayor que ellos. Él se burla de la forma de hablar de su padre: *Mammie moet 'n kombers oor Mammie se Knieë trek anders word Mammie koud.* Mami debe colocar una alfombra bajo las rodillas de mami, o mami cogerá frío. Le alivia no ser afrikaner y no tener que hablar así, como un esclavo fustigado.

Su madre decide que quiere un perro. Los alsacianos son los mejores —los más inteligentes, los más fieles—, pero no encuentran uno en venta. Así que optan por un cachorro mitad dóberman, mitad algo más. Él insiste en que quiere ponerle el nombre. Le gustaría llamarlo Borzoi porque quiere que sea un perro ruso, pero ya que no es un borzoi de verdad le pone Cosaco. Nadie lo entiende. La gente cree que el nombre es *Kos-sak*, 'bolsa de comida' en afrikaner, y les parece gracioso.

Cosaco resulta ser un perro desconcertante e indisciplinado, que merodea por la vecindad pisoteando jardines y persiguiendo a las gallinas. Un día el perro le sigue durante todo el trayecto hacia el colegio. Nada de lo que él haga lo aparta: cuando le grita y le tira piedras, el perro agacha las orejas, mete el rabo entre las patas y huye cabizbajo; pero tan pronto como él se monta en la bicicleta, el perro corre a grandes saltos tras él. Al final tiene que arrastrarlo por el collar hasta la casa, empujando la bicicleta con la otra mano. Llega a casa enrabiado y se niega en redondo a ir al colegio, porque se le ha hecho tarde.

Cosaco no es todavía un perro adulto cuando se come el polvo de vidrio que alguien ha puesto fuera para él. Su madre le administra enemas, para que el agua haga salir los pedazos de cristal, pero es en vano. Al tercer día, como el perro continúa tumbado, jadeando, y ni siquiera tiene fuerzas para lamerle la mano, la madre lo manda a la farmacia a comprar una medicina que le han recomendado. Él va corriendo y vuelve corriendo, pero llega demasiado tarde. Su madre tiene aspecto cansado y distante, ni siquiera toma el bote de sus manos.

Él ayuda a enterrar a Cosaco, envuelto en una manta, en la arcilla del fondo del jardín. Sobre la tumba erige una cruz en la que pintan el nombre «Cosaco». No desea tener otro perro. No si es así como han de morir.

Su padre juega al críquet en el equipo de Worcester. Eso debería significar otro triunfo para él, otro motivo de orgullo. Su padre es abogado, lo que es casi tan bueno como ser médico; fue soldado en la guerra; solía jugar al rugby en la liga de Ciudad del Cabo; juega al críquet. Pero en todos los casos hay algún detalle del que avergonzarse. Es abogado, pero ya no ejerce. Fue soldado, pero solo cabo interino. Jugaba al rugby, pero solo en segunda división con los Gardens, y los Gardens son un chiste, siempre son los últimos en el campeonato. Y ahora juega al críquet, pero en el equipo de segunda división del Worcester, que nadie se molesta en seguir.

Su padre es lanzador, no bateador. Hay algún error en su modo de batear que fastidia sus golpes; además, aparta la mirada cuando lanza rápido. Su idea de batear se reduce a mover el bate hacia delante y, si la pelota se le resbala, dar una carrerita sosegada.

Está claro que el motivo de que su padre no sepa batear es que se crió en el Karoo, donde no se jugaba correctamente al críquet y no había manera de aprender. Lanzar es un asunto distinto. Se trata de un don: los lanzadores nacen, no se hacen.

Su padre lanza muy lento, sin lograr que la bola gire sobre sí misma. Algunas veces le marcan un seis; otras, viendo cómo la bola avanza lentamente hacia él, el bateador pierde la cabeza, se menea como un salvaje, y es boleado. Ese parece ser el método de su padre: paciencia, astucia.

El entrenador del equipo de Worcester es Johnny Wardle, que en los veranos del hemisferio norte juega al críquet para Inglaterra. Es una gran suerte que Johnny Wardle haya elegido venir aquí. Se dice que Wolf Heller ha mediado en el asunto, Wolf Heller y su dinero.

Él se sitúa junto a su padre detrás de la red de práctica y observa cómo le lanza Johnny Wardle al bateador del primer equipo. Se supone que Wardle, un hombre increíblemente menudo, de pelo pajizo (aunque no tenga mucho), es un lanzador lento, pero cuando corre y descarga la bola él se sorprende de lo rápido que va. El bateador situado en la raya juega la pelota con relativa facilidad, dándole un golpe suave para enviarla a la red. Lanza otro, y vuelve a llegarle el turno a Wardle. El bateador golpea con suavidad la pelota y la manda fuera otra vez. El bateador no va ganando, pero tampoco el lanzador.

Al final de la tarde se va a casa, decepcionado. Esperaba más de un choque entre el lanzador de Inglaterra y el bateador de Worcester. Esperaba presenciar un juego más misterioso, ver la pelota haciendo cosas raras en el aire y fuera del campo, suspendida y sumergiéndose y girando sobre sí misma, como se supone que consiguen los grandes lanzamientos lentos, según los libros de críquet que él lee. No se esperaba a un hombre bajito y parlanchín cuya única señal de distinción es que hace girar la bola tan rápido como él mismo cuando lanza lo más rápido que puede.

Del críquet espera más de lo que Johnny Wardle ofrece. El críquet tiene que ser como Horacio y los etruscos, o como Héctor y Aquiles. Si Héctor y Aquiles hubieran sido simplemente dos hombres que se enfrentaron con la espada, no tendrían ningún interés. Pero no son tan solo dos hombres: son héroes poderosos y sus nombres están rodeados de leyenda. Se alegra cuando, al final de la temporada, expulsan a Wardle del equipo inglés.

Naturalmente, Wardle lanza con una pelota de cuero. Él no está familiarizado con la pelota forrada de cuero: juega con sus amigos con lo que ellos llaman una pelota de corcho, fabricada de un material duro y gris a prueba de esas piedras que rasgan las puntadas de una de cuero hasta hacerlas trizas. De pie tras la red, observando a Wardle, escucha por primera vez el extraño silbido de la pelota de cuero que vuela hacia el bateador.

Le llega la primera oportunidad de jugar en un campo de críquet auténtico. Han organizado un partido entre dos equipos del colegio para el miércoles por la tarde. Críquet auténtico significa también jugar con estacas auténticas, en un campo de verdad, sin necesidad de pelear para conseguir un turno para batear.

Le toca batear. Con una espinillera en la pierna izquierda y cargado con el bate de su padre, que es demasiado pesado para él, camina hasta el centro. Se sorprende de lo grande que es el campo. Es un sitio magnífico y solitario: los espectadores están tan lejos que también podrían no existir.

Ocupa su puesto en la franja de tierra batida, sobre la esterilla verde, y espera que venga la pelota. Esto es el críquet. Se le llama juego, pero el chico lo siente como algo más real que su casa, más real incluso que el colegio. En este juego no hay simulacro, no hay piedad, no hay una segunda oportunidad. Esos otros chicos, cuyos nombres desconoce, están todos en su contra. Solo tienen un pensamiento en la cabeza: abreviar su placer. No sentirán ni una pizca de remordimiento cuando lo eliminen. En mitad de este enorme ruedo él está a prueba, uno contra once, sin nadie que le proteja.

Los jugadores de campo ocupan sus posiciones. Debe concentrarse, pero hay algo irritante que no deja de rondarle la cabeza: la paradoja de Zenón. Antes de que la flecha alcance el blanco debe haber recorrido la mitad del trayecto; antes de que alcance la mitad del trayecto debe haber recorrido un cuarto del trayecto; antes de que alcance un cuarto del trayecto... Desesperado, intenta dejar de pensar en ello; pero el hecho de saber que está intentando no pensar en ello acrecienta aún más si cabe su nerviosismo.

El lanzador corre hacia él. Él escucha con precisión el ruido sordo de los dos últimos pasos. Entonces hay un lapso en el que el único sonido que rompe el silencio es el inquietante susurro de la bola que desciende hacia él. ¿Es esto lo que está eligiendo cuando elige jugar al críquet: ser puesto a prueba una vez y otra hasta que falle, por una bola que va hacia él de modo impersonal, indiferente, sin piedad, buscando ansiosamente el resquicio de su defensa, y más rápido de lo que él se espera, demasiado rápido para que consiga aclarar la confusión de su espíritu, ordenar sus pensamientos, decidir qué es conveniente hacer? Y en medio de este pensamiento, en medio de este lío, le llega la bola.

Consigue dos puntos, bateando en un estado de desorden primero y de pesimismo después. Sale del juego comprendiendo menos que nunca el estilo despreocupado con el que juega Johnny Wardle, charlando y bromeando todo el rato. ¿Son todos los legendarios jugadores ingleses así:

Len Hutton, Alec Bedser, Denis Compton, Cyril Washbrook? No puede creérselo. Para él, solo se puede jugar al críquet de verdad en silencio, en silencio y con temor, con el corazón latiéndote en el pecho y la boca seca.

El críquet no es un juego. Es la verdad de la vida. Si es, como dicen los libros, una prueba de carácter, es una prueba que no ve forma de pasar ni de esquivar. El secreto que consigue ocultar en todas partes queda al descubierto de forma despiadada en el terreno de juego. «Déjanos ver de lo que estás hecho», dice la bola mientras silba y desciende en el aire hacia él. Ciegamente, de forma confusa, empuja el bate hacia delante, demasiado tarde o demasiado pronto. La bola pasa junto al bate, junto a la espinillera, y sigue su camino. Lo han eliminado, no ha pasado la prueba, lo han descubierto, no puede hacer otra cosa que tragarse las lágrimas, cubrirse la cara y caminar trabajosamente hacia la conmiseración, hacia los aplausos aprendidos en la escuela del resto de los chicos.

7

En su bicicleta está el escudo del British Small Arms con los dos fusiles cruzados y la etiqueta «Smiths-BSA». Se compró la bicicleta de segunda mano por cinco libras, con el dinero de su octavo cumpleaños. Es la cosa más sólida de su vida. Cuando otros chicos alardean de que tienen Raleighs, él les replica que tiene una Smiths. «¿Smiths? Nunca he oído hablar de esa marca», dicen.

No hay nada comparable a la viva alegría de montar en bicicleta, de doblarse sobre el manillar y apurar las curvas. Va todas las mañanas al colegio en su Smiths: primero recorre los ochocientos metros que hay desde Reunion Park hasta el cruce del tren, después el kilómetro y medio de la tranquila carretera que bordea la línea de ferrocarril. Las mañanas de verano son las mejores. El agua murmura en los surcos del borde del camino, las palomas se arrullan en los eucaliptos; de vez en cuando hay un remolino de aire caliente que alerta del viento que soplará más tarde, y que ahora levanta polvaredas de arcilla rojiza ante él.

En invierno tiene que partir hacia el colegio cuando todavía está oscuro. Con el faro proyectando un halo de luz ante él, conduce entre la niebla, desafiando su suavidad aterciopelada, inspirándola, espirándola, sin oír otra cosa que el suave susurro de las ruedas. Algunas mañanas el metal del manillar está tan frío que sus manos desnudas se le quedan pegadas.

Intenta llegar al colegio temprano. Le encanta tener la clase para él, pulular entre los asientos vacíos, subirse, subrepticiamente, a la tarima del profesor. Pero nunca llega el primero al colegio: hay dos hermanos que vienen de De Doorns, cuyo padre trabaja en los ferrocarriles, y que llegan a las seis de la mañana en tren. Son pobres, tan pobres que no tienen jerseys ni chaquetas ni zapatos. Hay algunos chicos igual de pobres, especialmente en las clases de los afrikaners. Incluso en las heladas mañanas de invierno van al colegio con finas camisetas de algodón y pantalones cortos de sarga; les vienen tan estrechos que sus delgados muslos apenas si caben en las perneras. En sus piernas bronceadas el frío deja parches tan blancos como la tiza; se soplan en las manos y dan saltos; siempre tienen mocos.

En una ocasión se produce un brote de tiña, y afeitan la cabeza de los hermanos procedentes de De Doorns. Él ve claramente en sus cráneos las espirales de la tiña; su madre le advierte que no se trate con ellos.

Prefiere los pantalones cortos estrechos a los anchos. La ropa que le compra su madre siempre le queda demasiado grande. Le gusta ver las piernas delgadas, lisas y morenas dentro de pantalones cortos ajustados. Lo que más le gusta son las piernas bronceadas del color de la miel de los chicos rubios. Se sorprende al comprobar que los chicos más guapos están en la clase de los afrikaners, al igual que los más feos, los que tienen las piernas velludas y la nuez de la garganta pronunciada y pústulas en la cara. Encuentra a los niños afrikaners muy parecidos a los niños de color: crecen medio salvajes, descuidados y nada mimados, y de repente, a cierta edad, se malean, y la belleza se muere en su interior.

Belleza y deseo: le inquietan las sensaciones que las piernas de esos chicos, lisas, perfectas e inexpresivas, provocan en él. ¿Qué más se puede hacer con las piernas aparte de devorarlas con los ojos? ¿Para qué sirve el deseo?

Las esculturas desnudas de la *Enciclopedia de los niños* le afectan del mismo modo: Dafne perseguida por Apolo;

Perséfone raptada por Plutón. Es una cuestión de forma, de la perfección de las formas. Él idealiza el cuerpo humano perfecto. Cuando ve que esa perfección se manifiesta en el mármol blanco, algo se estremece en su interior; un abismo se abre; él está a punto de caer.

De todos los secretos que lo separan de los demás, puede que al final este sea el peor. Entre todos esos chicos él es el único por el que fluye esa corriente de oscuro erotismo; entre toda esa inocencia y normalidad, él es el único que tiene deseos.

Aun así, el lenguaje de los chicos afrikaners es soez a más no poder. Dominan una variedad de tacos muy superior a la suya, relacionados con *fok* (follar) y con *piel* (polla) y con *poes* (coño), palabras que le turban por su contundencia monosilábica. ¿Cómo se escriben? Hasta que no sepa escribirlas no tendrá forma de fijarlas en su memoria. ¿*Fok* se escribe con «v», lo que haría de ella una palabra más respetable, o con «f», lo que la convertiría en una palabra salvaje de verdad, primaria, sin ancestros? El diccionario no aclara nada, las palabras no están allí, ninguna.

Después están *gat* y *poep-hol* y palabras así, que los muchachos intercambian en rachas de insultos y cuya fuerza está lejos de comprender. ¿Por qué juntar la parte trasera del cuerpo con la frontal? ¿Qué tienen que ver las palabras que incluyen *gat*, tan fuertes, guturales y negras, con el sexo, con su dulce e incitante «s» y la misteriosa «x» casi al final? Por repugnancia, cierra su mente a las palabras que se refieren al trasero, pero continúa intentando averiguar el significado de *effies* y de *FLs*, cosas que nunca ha visto pero que forman parte, de alguna forma, del comercio entre chicos y chicas en el instituto.

Pero tampoco es un ignorante. Sabe cómo nacen los bebés. Salen pulcros, limpios y blancos del trasero de las madres. Así se lo contó su madre hace años, cuando era pequeño. La cree sin ponerla en duda: es un orgullo para él que le contara tan pronto la verdad sobre los bebés, cuando a otros niños se les engañaba con mentiras. Es una señal más de la cultura de su madre, de la cultura de toda su familia. Su primo Juan, que tiene un año menos que él, también sabe la verdad. Sin embargo, su padre se pone nervioso y refunfuña cuando se charla sobre los bebés y de dónde salen; lo que tan solo viene a confirmarle una vez más lo ignorante que es la familia de su padre.

Sus amigos defienden una versión distinta de la historia: que los bebés salen de otro agujero.

En teoría sabe que hay otro agujero, en el que entra el pene y por el que sale la orina. Pero no tiene sentido que el bebé salga por ese agujero. El bebé, después de todo, se forma en el estómago. De modo que lo más sensato es que el bebé salga por el trasero.

Por tanto, él apuesta por el trasero en las discusiones, mientras que sus amigos defienden el otro agujero, el *poes*. Él está completamente convencido de que lleva razón. Es parte de la confianza que se profesan su madre y él.

8

Él y su madre están cruzando un erial público cerca de la estación de ferrocarril. Va con ella pero a distancia, sin cogerle la mano. Como siempre, va vestido de gris: jersey gris, pantalones cortos grises, calcetines grises. En la cabeza lleva una gorra azul marino con el emblema del Colegio de Chicos de Primaria de Worcester: la cumbre de una montaña rodeada de estrellas, con el lema PER ASPERA AD ASTRA.

Es tan solo un chico que camina junto a su madre: desde fuera, seguramente parece bastante normal. Pero él se ve a sí mismo como a un escarabajo que corretea alrededor de ella, que corretea en círculos muy cerrados, con la nariz pegada a la tierra y moviendo rápidamente los brazos y las piernas de arriba abajo. En realidad, no le parece que ninguna parte de su cuerpo esté en calma. Su mente, sobre todo, se dispara todo el tiempo, impaciente, como si tuviera voluntad propia.

Aquí es donde una vez al año plantan la carpa del circo e instalan las jaulas donde los leones dormitan entre la olorosa paja. Pero hoy tan solo es una mancha de arcilla rojiza compacta como una roca, donde la hierba no crece.

Hay más gente, otros que pasean por allí en esta mañana resplandeciente y calurosa de sábado. Uno de ellos es un chico de su edad que corre por la plaza cerca de ellos. Tan pronto como lo ve, sabe que ese chico será importante para él, de una importancia inmensa, no por ser quien es (puede que no vuelva a verlo), sino por los pensamientos que le cruzan la cabeza, que brotan de él como un enjambre de abejas.

El muchacho no tiene nada de especial. Es de color, pero hay gente de color por todas partes. Lleva unos pantalones cortísimos que se ciñen a sus nalgas perfectas y dejan al descubierto sus delgados muslos del color de la arcilla oscura casi por entero. Va descalzo; seguro que tiene las plantas de los pies tan duras que si andara sobre un *duwweltjie*, un campo de espinas, apenas cambiaría el paso y se agacharía después para quitárselas con las manos.

Hay cientos de chicos como él, miles, y también miles de chicas con vestidos cortos que dejan ver sus delgadas piernas. Le encantaría tener unas piernas tan bonitas como las suyas. Con unas piernas así flotaría sobre la tierra como hace ese chico, sin apenas tocarla.

El muchacho pasa a unos tres metros de ellos. Está absorto en sus cosas, no los mira. Su cuerpo es perfecto e inmaculado, como si hubiera roto la cáscara la víspera. ¿Por qué los niños así, los chicos y las chicas a los que no obligan a ir al colegio, que son libres para escapar lejos de la mirada vigilante de los padres, con cuerpos que les pertenecen para hacer con ellos lo que quieran... por qué no se unen en un banquete de deleite sexual? ¿Es porque son demasiado inocentes para conocer los placeres que están a su alcance, que solo las almas oscuras y culpables conocen secretos de esa índole?

Así es como funciona siempre el interrogatorio. Al principio puede ser errático, pero al final, irremediablemente, se da la vuelta y se condensa en una sola pregunta que lo señala con un dedo. Siempre es él quien pone en marcha el tren del pensamiento; siempre es el pensamiento el que escapa de su control y regresa para acusarle. La belleza es la inocencia; la inocencia es la ignorancia; la ignorancia es la ignorancia del placer; el placer es culpable; él es culpable. Ese muchacho, con su cuerpo nuevo, intacto, es inocente, pero él, gobernado por sus oscuros deseos, es culpable. De hecho, tras esta larga sucesión de deducciones ha llegado a la palabra «perversión», con su estremecimiento oscuro y su compleja emoción, que comienza con la enigmática «p» que puede significar cualquier cosa, repentinamente sustituida por la implacable «r» y la vengativa «v». No una sola acusación, sino dos. Las dos acusaciones se cruzan, y él está en el punto de intersección, en su punto de mira. Porque quien sostiene la acusación para cargarla sobre él hoy no es solo grácil como un ciervo e inocente, mientras que él es oscuro y pesado y culpable: también es de color, lo que significa que no tiene dinero, vive en una oscura casucha, pasa hambre; lo que significa que si su madre lo llamara —«¡Chico!»— y agitase el brazo, como indudablemente es capaz de hacer, este chico tendría que detenerse y acercarse y hacer lo que ella le dijera que hiciese (cargar con su bolsa de la compra, por ejemplo), para al final ver cómo cae una moneda en sus manos y mostrarse agradecido. Y si él se enfadara con su madre después, ella tan solo le sonreiría y diría: «¡Pero si están acostumbrados!».

Así que este chico que sin saberlo ha reservado toda su vida a la senda de la naturaleza y la inocencia, que es pobre y por lo tanto es bueno, como siempre son los pobres en los cuentos de hadas; que es escurridizo como una anguila y rápido como una liebre y que le derrotaría con facilidad en cualquier concurso de velocidad o de habilidad manual, este chico, que es un reproche viviente contra él, sin embargo está sometido a él por motivos que le avergüenzan tanto que tiene que retorcer y menear los hombros y no puede seguir mirándolo, a pesar de su belleza.

Aun así, no puede rechazarlo. Se puede rechazar a los nativos, quizá, pero no se puede rechazar a la gente de color. A los nativos se les puede vituperar porque son recién llegados, son invasores del norte que no tienen derecho a estar aquí. La mayoría de los nativos que se ven por Worcester son hombres vestidos con abrigos viejos del ejército, que fuman en pipas ganchudas y viven en chabolas de hierro ondulado con forma de tiendas de campaña a lo largo de la línea de ferrocarril; hombres de una fuerza y una paciencia legendarias. Los han traído aquí porque no beben, como hacen los hombres de color, y porque pueden hacer trabajos duros bajo el sol ardiente donde los hombres de color, más débiles y volátiles, se desmayarían. Son hombres sin mujeres, sin niños, que llegan de ninguna parte y a los que se puede hacer regresar a ninguna parte.

Pero contra los de color no disponen de los mismos recursos. Los de color fueron engendrados por los blancos, por Jan Van Riebeeck, a partir de los hotentotes: eso está bastante claro, incluso en el lenguaje velado de sus libros de historia del colegio. Si se mira de un modo amargo es aún peor. Porque en Boland la gente que se dice de color no son los tataranietos de Jan Van Riebeeck ni de ningún otro holandés. Él es bastante experto en fisonomía, lo ha sido desde que tiene memoria, como para saber que no tienen ni una gota de sangre blanca. Son hotentotes, puros e incorruptos. No es solo que vengan de la tierra: la tierra viene con ellos, es suya, siempre lo ha sido.

9

Una de las ventajas de Worcester, una de las razones, según su padre, por las que es mejor vivir aquí que en Ciudad del Cabo, es que hacer la compra resulta mucho más fácil. Reparten la leche todas las mañanas antes de que amanezca; solo hay que coger el teléfono y, una o dos horas más tarde, el hombre de Schochat's estará en la puerta con la carne y los comestibles. Es tan sencillo como eso.

El hombre de Schochat's, el muchacho de los recados, es un nativo que solo habla unas cuantas palabras de afrikaans y nada de inglés. Viste una camisa blanca limpia, una corbata de lazo, zapatos de dos colores y un gorro de polizonte. Se llama Josias. Sus padres le desaprueban porque es uno de esos chicos irreflexivos de la nueva generación de nativos que se gastan todo el dinero de su sueldo en ropa de moda y se desentienden del futuro.

Cuando su madre no está en casa, el chico y su hermano reciben el pedido de Josias, colocan los comestibles en la estantería de la cocina y la carne en el frigorífico. Si hay leche condensada, se la apropian como un botín. Abren agujeros en la lata y se turnan para sorber hasta que no quede ni gota. Cuando vuelve su madre fingen como si no hubieran traído la leche condensada, o como si Josias la hubiera robado.

Él no está seguro de que ella crea la mentira que le cuentan. Pero no es un engaño del que se sienta especialmente culpable.

Los vecinos del lado este se llaman Wynstra. Tienen tres hijos, uno mayor patizambo que se llama Gysbert y las gemelas Eben y Ezer, aún muy pequeñas para ir al colegio. Él y su hermano se ríen de Gysbert Wynstra por su extraño nombre y por la forma afeminada y desvalida que tiene de correr. Resuelven que es un idiota, un deficiente mental, y le declaran la guerra. Una tarde cogen la media docena de huevos que ha traído el chico de Schochat's, los arrojan al tejado de la casa de los Wynstra y se esconden. Los Wynstra no salen, pero, a medida que el sol los seca, los huevos aplastados se convierten en unas feas manchas amarillentas.

El placer de lanzar un huevo, mucho más pequeño y ligero que una bola de críquet, de verlo volar por el aire, más y más lejos, de escuchar el suave crujido de su impacto, permanece con él durante mucho tiempo. Aun así, su placer está teñido de culpa. ¿Con qué derecho utiliza él los huevos como juguetes? ¿Qué diría el chico de Schochat's si descubriera que han estado tirando los huevos que él ha traído en bicicleta desde la ciudad? Tiene la impresión de que el muchacho de Schochat's, que en realidad no es ningún muchacho sino un hombre bien crecido, no está tan absorto en su propia imagen, con su gorro de polizonte y su corbata de lazo, como para quedarse indiferente. Tiene la impresión de que lo recriminaría con dureza y sin dudarlo. «¿Cómo podéis hacer eso cuando hay tantos niños que pasan hambre?», les diría en su mal afrikaans; y no obtendría una respuesta. Quizá existe algún sitio en el mundo donde se pueden lanzar huevos (en Inglaterra, por ejemplo, sabe que le tiran huevos a la gente en los almacenes); pero en este país hay jueces que juzgarán con criterios de rectitud. En este país no se puede ser descuidado con la comida.

Josias es el cuarto nativo que conoce en su vida. El primero, del que tiene el vago recuerdo de que llevaba puesto un pijama azul durante todo el día, era el muchacho que solía fregar las escaleras del edificio de pisos en el que vivían en Johannesburgo. La segunda fue Fiela, en Plettenberg Bay, que les hacía la colada. Fiela era muy negra y muy vieja y desdentada y hacía largos discursos sobre el pasado en un inglés bello y ondulante. Procedía de Santa Helena, contaba ella, y había sido esclava. Al tercero también lo conoció en Plettenberg Bay. Acababa de haber una gran tormenta; un barco se había hundido; el viento, que había soplado durante días y noches, estaba empezando a cesar. Su madre, su hermano y él estaban en la playa examinando los montones de restos del naufragio y algas marinas en la arena, cuando un viejo de barba gris, con alzacuello y un paraguas se acercó a ellos. «El hombre construye grandes barcos de hierro —les dijo el viejo—, pero el mar es más fuerte. El mar es más fuerte que cualquier cosa que el hombre pueda construir.»

Cuando se quedaron solos de nuevo, su madre dijo: «Debéis recordar lo que ha dicho. Era un anciano sabio». Es la única vez que recuerda haberla oído decir la palabra sabio; en realidad es la única vez que recuerda haber oído a alguien usar esa palabra fuera de los libros. Pero no es solo la palabra anticuada lo que le impresiona. Es posible respetar a los nativos: eso es lo que ella está diciendo. Y es un gran alivio escucharlo, que lo haya confirmado.

En los cuentos que han dejado una huella más profunda en él, es el tercer hermano, el más humilde y el más ridiculizado, quien, después de que el primero y el segundo hermano hubieran pasado de largo con desdén, ayuda a la mujer vieja a acarrear su pesada carga o quita las espinas de las zarpas del león. El tercer hermano es amable, honesto y valiente mientras que el primero y el segundo son jactanciosos, arrogantes y egoístas. Al final del cuento coronan príncipe al tercer hermano, mientras que el primero y el segundo son deshonrados y despedidos con cajas destempladas.

Hay gente blanca y gente de color y nativos; estos últimos son los más bajos y los más ridiculizados. El paralelismo con el cuento salta a la vista: los nativos son el tercer hermano.

En el colegio enseñan la historia de Jan Van Riebeeck, de Simon Van der Stel, de lord Charles Somerset y de Piet Retief una vez y otra, año tras año. Después de Piet Retief vienen las guerras de los cafres, cuando los cafres desbordaron las fronteras de la colonia y tuvieron que ser conducidos de vuelta; pero las guerras de los cafres son tantas y tan confusas y tan difíciles de diferenciar que no les exigen aprendérselas para los exámenes.

Aunque en los exámenes responde correctamente las preguntas de historia, no sabe por qué Jan Van Riebeeck y Simon Van der Stel fueron tan buenos, y lord Charles Somerset tan malo. No logra encontrar una respuesta que le satisfaga. Tampoco le gustan los jefes del Gran Trek, la gran migración de los bóers, como se supone que deberían gustarle, con la excepción quizá de Piet Retief, al que asesinaron después de que Dingaan le engañara para que no llevara la pistola en el cinturón. Andries Pretorius y Gerrit Maritz y los otros le recuerdan a los profesores del instituto o a los afrikaners de la radio: coléricos, tercos, cargados de amenazas y de palabrería acerca de Dios.

No llegan a la guerra de los bóers en el colegio, al menos no en las clases inglesas de educación básica. Hay rumores de que la guerra de los bóers se enseña en las clases de los afrikaners con el nombre de Tweede Vryheidsoorlog, la segunda guerra de liberación, pero sin que entre en examen. Como es un tema delicado, la guerra de los bóers no está oficialmente en el programa. Ni siquiera sus padres hablan de la guerra de los bóers, de quién tenía razón y de quién no. Sin embargo, su madre repite una historia sobre la guerra de los bóers que le contó su propia madre. Cuando los bóers llegaron a su granja, contaba su abuela, pidieron comida y dinero y esperaban ser servidos. Cuando llegaron los soldados británicos, durmieron en el establo, no robaron nada, y antes de irse agradecieron cortésmente su hospitalidad.

Los británicos, con sus generales arrogantes y altaneros, son los villanos de la guerra de los bóers. Y encima son estúpidos, por llevar uniforme rojo que los convertía en un blanco fácil de los tiradores bóers. En los cuentos de la guerra se supone que hay que estar de parte de los bóers, que lucharon por su libertad contra el poderío del imperio británico. Sin embargo, él prefiere que no le gusten los bóers, no solo por sus largas barbas y sus ropas feas, sino por agazaparse entre las rocas y disparar emboscados, y que le gusten los británicos, por marchar hacia la muerte al son de las gaitas.

En Worcester los ingleses son una minoría, en Reunion Park una minoría insignificante. Excepto él y su hermano, que son ingleses solo en parte, hay únicamente dos chicos ingleses: Rob Hart y un chico pequeño y extraño llamado Billy Smith cuyo padre trabaja en los ferrocarriles y que tiene una enfermedad que hace que su piel se desprenda en escamas (su madre le prohíbe tocar a todos los niños Smith).

Cuando deja caer que a Rob Hart lo azota la señorita Oosthuizen, sus padres parecen saber de antemano por qué. La señorita Oosthuizen es del clan de los Oosthuizen, que son nacionalistas; el padre de Rob Hart, que tiene una ferretería, fue concejal de la ciudad por el Partido Unido hasta las elecciones de 1948.

Sus padres sacuden la cabeza cuando se habla de la señorita Oosthuizen. La ven nerviosa, inestable; no les hace gracia su pelo teñido con alheña. Con Smuts, dice su padre, se habrían tomado medidas con una profesora que mezcla la política con la enseñanza. Su padre también es del Partido Unido. De hecho, su padre perdió su trabajo en Ciudad del Cabo, el trabajo que tenía un nombre del que su madre estaba tan orgullosa —«interventor de alquileres»—, cuando Malan venció a Smuts en 1948. Por culpa de Malan tuvieron que dejar la casa de Rosebank, que aún añora, la casa con el gran jardín exuberante y el mirador con el tejado en forma de cúpula y los dos sótanos. Por su culpa tuvo que dejar el colegio de Rosebank y a sus amigos de Rosebank, y venirse aquí, a Worcester. En Ciudad del Cabo su padre solía irse a trabajar por la mañana con un elegante traje cruzado y una cartera de piel. Cuando los otros niños le preguntaban qué hacía su padre, él podía responder: «Es interventor de alquileres», y todos guardaban un silencio respetuoso. En Worcester, el trabajo de su padre carece de nombre. «Mi padre trabaja para Standard Canners», tiene que decir. «Pero ¿qué hace?» «Está en las oficinas, lleva los libros», contesta sin convicción. No tiene ni idea de lo que significa «llevar los libros».

Standard Canners produce melocotones Alberta en conserva, peras Barlett en conserva y albaricoques en conserva. Standard Canners envasa más melocotones que ningún otro envasador del país: eso es lo único por lo que se la conoce.

A pesar de la derrota de 1948 y de la muerte del general Smuts, su padre sigue siendo fiel al Partido Unido: fiel, aunque sea pesimista. El abogado Strauss, el nuevo líder del Partido Unido, solo es una pálida sombra de Smuts; con Strauss, el Partido Unido no tiene esperanzas de ganar las próximas elecciones. Además, los nacionalistas se están asegurando la victoria trazando de nuevo las fronteras de los distritos electorales para favorecer a sus partidarios en el *platteland*, en el campo.

—¿Por qué no hacen nada contra eso? —le pregunta a su padre.

—¿Quién? —dice su padre—. ¿Quién puede pararlos? Pueden hacer lo que les venga en gana, ahora están en el poder.

Él no ve qué sentido tienen las elecciones si el partido que gana puede cambiar las reglas. Es como si el bateador decidiera quién lanza y quién no.

Su padre conecta la radio a la hora de las noticias, pero en realidad solo escucha los resultados: los resultados del críquet en verano y los del rugby en invierno.

Antes de que los nacionalistas se hicieran con el poder, el boletín de noticias era emitido desde Inglaterra. Primero venía el «Dios salve al rey», después los seis pitidos de Greenwich, después el locutor decía: «Desde Londres, las noticias», y leía noticias del mundo entero. Ahora todo eso ha terminado. «Desde la Corporación Sudafricana de Radiodifusión», dice el locutor, y pone un largo recital de lo que el doctor Malan ha dicho en el parlamento.

Lo que más detesta de Worcester, lo que le hace tener más ganas de huir de allí, es la rabia y el resentimiento que él siente que está naciendo entre los chicos afrikaners. Teme y aborrece a los grandes chicos afrikaners de pies descalzos, con sus pantalones cortos y estrechos, y sobre todo a los mayores que, si tienen la menor ocasión, te llevan a un lugar apartado del *veld* y te atacan; ¿de qué manera?, ha oído alusiones por lo bajo: *borsel*, por ejemplo, que te cepillen. Por lo que él ha podido averiguar hasta ahora, que te cepillen quiere decir que te bajan los calzones y te untan betún en los huevos (pero ¿por qué en los huevos?, ¿por qué betún?), y te dejan en la calle medio desnudo y lloriqueando.

Los chicos afrikaners comparten un saber, extendido por los estudiantes de magisterio que visitan las escuelas, y que está relacionado con la iniciación y con lo que ocurre durante ella. Los afrikaners cuchichean al respecto con tanta excitación como lo hacen acerca de los castigos con la vara. Lo que llega a sus oídos le repugna: pulular en pañales, por ejemplo, o beber orina. Si eso es lo que hay que hacer para convertirse en profesor, prefiere renunciar a serlo.

Se rumorea que el gobierno va a ordenar que se traslade a las clases de afrikaners a los escolares que tengan apellido afrikaner. Sus padres lo comentan en voz baja; es obvio que están preocupados. En cuanto a él, siente pánico solo de pensar que tiene que irse a una clase de afrikaners. Le dice a su padre que no obedecerá. Se negará a ir al colegio. Ellos tratan de calmarlo. «No pasará nada –le dicen–. Solo son rumores. Pasarán años antes de que hagan algo así.» No logran tranquilizarlo.

Se entera de que serán los inspectores del colegio los que se ocupen de sacar a los falsos ingleses de las clases inglesas. Vive temiendo el día en que el inspector llegue, deslice el dedo por la lista, diga su nombre en voz alta y le pida que recoja sus libros. Ha trazado cuidadosamente un plan para ese día. Recogerá sus libros y saldrá de clase sin protestar. Pero no irá a la clase de los afrikaners. Caminará tranquilamente, para no llamar la atención, hasta el cobertizo de las bicicletas, sacará la suya y pedaleará a casa tan rápido que nadie lo podrá atrapar. Cuando llegue cerrará la puerta de la casa con llave y le dirá a su madre que no piensa volver al colegio y que si ella lo traiciona, se suicidará.

Tiene una imagen del doctor Malan grabada en la mente. La cara redonda y lampiña del doctor Malan, sin rasgos de comprensión o de piedad. Le late la garganta como si fuera la de una rana. Tiene los labios fruncidos.

No ha olvidado lo que hizo el doctor Malan en 1948: prohibir todos los cómics del Capitán América y de Supermán, permitiendo pasar por la aduana únicamente los cómics protagonizados por animales, cómics destinados a impedir que dejes de ser un bebé.

Piensa en las canciones afrikaners que les obligan a cantar en el colegio. Ha llegado a odiarlas tanto que le entran ganas de gritar y de chillar y de tirarse pedos durante el canto, especialmente con la canción *Kom ons gaan blomme pluk*, «Vamos a coger flores», con sus niños retozando por el campo entre pájaros cantores e insectos joviales.

Una mañana de sábado, él y dos amigos se dirigen en bicicleta a las afueras de Worcester y siguen, por la carretera de De Doorns. En media hora no ven ni rastro de presencia humana. Dejan la bicicleta en el arcén y se lanzan a las colinas. Encuentran una cueva, encienden un fuego y se comen los bocadillos que han traído. De repente aparece un chico afrikaner con pantalones cortos caquis, enorme y agresivo.

—*Wie het julle toestemming gegge?* (¿Quién os ha dado permiso?)

Se quedan mudos. Una cueva: ¿necesitan permiso para estar en una cueva? Tratan de inventar alguna mentira, pero no sirve de nada. «*Julle sal hier moet bly totdat my pa kom*», anuncia el chico. Tendréis que esperar aquí hasta que venga mi padre. Menciona una *lat*, una *strop*: una caña, una correa; les van a dar una lección.

El temor lo aturde. Aquí fuera, en el *veld*, sin nadie a quien pedir ayuda, les van a dar una paliza. No encuentra ninguna razón para rebelarse. Porque la verdad es que son culpables, él más que ningún otro. Él fue quien aseguró a los otros, cuando saltaron la cerca, que no podía ser ninguna granja, que solo era el *veld*, el campo abierto. Él es el cabecilla, la idea fue suya desde el principio, no se le puede echar la culpa a nadie más.

El granjero llega con su perro, un alsaciano de ojos amarillos y mirada astuta. De nuevo las preguntas, esta vez en inglés, preguntas sin respuesta. ¿Con qué derecho están aquí? ¿Por qué no pidieron permiso? De nuevo han de pasar por la defensa estúpida, patética: no sabían, pensaban que solo era el *veld*. Se jura a sí mismo que nunca volverá a cometer un error así, nunca volverá a ser tan estúpido como para saltar una cerca y pensar que se saldrá con la suya. «¡Estúpido! —se dice—. ¡Estúpido, estúpido, estúpido!»

El granjero no lleva ni *lap* ni correa ni látigo. «Es vuestro día de suerte», dice. Permanecen clavados, sin comprender. «Idos.»

Bajan la colina con torpeza hasta el arcén donde les esperan las bicicletas, cuidándose de echar a correr por miedo a que el perro los persiga ladrando y babeando. No pueden decir nada para compensar lo ocurrido. Los afrikaners ni siquiera se han portado mal. Son ellos los que han perdido.

10

Temprano, a primera hora de la mañana, hay niños de color que corren por la carretera nacional con estuches y libros de ejercicios, algunos incluso con carteras a la espalda, de camino al colegio. Pero son niños pequeños, muy pequeños: cuando tengan su edad, diez u once años, tendrán que dejar el colegio y salir al mundo para ganarse el pan de cada día.

En su cumpleaños, en lugar de hacerle una fiesta, le dan diez chelines para que convide a sus amigos. Invita a sus tres mejores amigos al café Globe; se sientan a una mesa alta de mármol y piden banana split y helado de crema bañado de chocolate. Se siente como un príncipe, dispensando placer; la ocasión sería memorable del todo si no la estropearan los niños de color andrajosos que se pegan a la ventana para observarlos.

En las caras de estos niños él no percibe el odio que, lo admite, él y sus amigos merecen por tener tanto dinero mientras que ellos no tienen ni un penique. Por el contrario, son como los niños que van al circo y se tragan el espectáculo completamente absortos, sin perderse nada.

Si fuera otra persona, le pediría al propietario del Globe, un portugués con el pelo engominado, que los echara. Es muy común expulsar a los niños mendigos. Solo hay que arrugar la cara, fruncir el ceño y agitar los brazos gritando «*Voetsek, hotnot! Loop! Loop!*» (¡Fuera, negros! ¡Idos! ¡Marchaos!), y después volverse a cualquiera que esté mirando, amigo o extraño, y explicar: «*Hulle soek net iets om te steel. Hulle is almal skelms*» (Solo quieren robar. Son todos unos ladrones). Pero si se levantara para hablar con el portugués, ¿qué le diría: «Están estropeando mi cumpleaños, no es justo, me hiere verlos»? Pase lo que pase, tanto si los echa como si no, es demasiado tarde, su corazón ya está herido.

Ve a los afrikaners como una gente siempre llena de rabia porque tienen el corazón herido. Ve a los ingleses como una gente que no cae en la rabia porque vive detrás de muros y protege bien su corazón.

Esta es solo una de sus teorías sobre los ingleses y los afrikaners. La excepción a la regla, por desgracia, es Trevelyan.

Trevelyan fue uno de los inquilinos que hospedaron en la casa de Liesbeeck Road, en Rosebank, la casa con el gran roble en el jardín delantero donde él fue feliz. Trevelyan tenía la mejor habitación, la de las ventanas francesas que se abrían al porche. Era joven, era alto, era simpático, no sabía hablar ni una sola palabra de afrikaans, era inglés de los pies a la cabeza. Por las mañanas Trevelyan desayunaba en la cocina antes de salir a trabajar; regresaba por las noches y cenaba con ellos. Pese a estar en la otra punta de la casa, cerraba su habitación con llave; pero no había nada de interés en ella, excepto una máquina de afeitar «Made in America».

Su padre, aun siendo mayor que Trevelyan, se hizo amigo suyo. Los sábados escuchaban la radio juntos, el programa de C. K. Friedlander, que retransmitía los partidos de rugby desde Newlands.

Después llegó Eddie. Eddie era un niño de color de siete años oriundo de Ida's Valley, cerca de Stellenbosch. Vino a trabajar para ellos: lo acordaron la madre de Eddie y la tía Winnie, que vivía en Stellenbosch. A cambio de lavar los platos, barrer y quitar el polvo, Eddie viviría con ellos en Rosebank. Le darían de comer y enviarían a su madre un giro postal por dos libras y diez chelines a primeros de mes.

Cuando llevaba dos meses viviendo y trabajando en Rosebank, Eddie se escapó. Desapareció durante la noche; su ausencia se descubrió por la mañana. Llamaron a la policía; encontraron a Eddie no muy lejos, escondido entre la maleza junto al río Liesbeeck. No lo encontró la policía sino Trevelyan, que lo arrastró de vuelta, llorando y pataleando desconsoladamente, y lo encerró en el viejo mirador del jardín trasero.

Naturalmente Eddie sería devuelto a Ida's Valley. Ahora que ya no pretendía sentirse contento, se escaparía a la menor oportunidad. Su aprendizaje no había dado resultado.

Pero antes de que se pudiera telefonear a la tía Winnie de Stellenbosch, estaba la cuestión del castigo por el problema que Eddie había causado: por necesitar de la intervención de la policía, por estropear la mañana del sábado. Fue Trevelyan el que se ofreció a ejecutar el castigo.

Espió una vez lo que estaba ocurriendo en el mirador. Trevelyan sostenía a Eddie por las muñecas y le azotaba las piernas desnudas con una correa de cuero. Su padre también estaba allí, de pie a un lado, mirando. Eddie daba alaridos y brincos; todo estaba lleno de lágrimas y de mocos. «*Asseblief, asseblief, my baas* –gritaba–. *Ek sal nie weer nie!*»: Por favor, por favor, ¡no lo volveré a hacer! Entonces los dos repararon en él y le ordenaron que se fuese.

Al día siguiente llegaron su tío y su tía de Stellenbosch en su furgoneta DKW negra para llevar a Eddie con su madre a Ida's Valley. No hubo despedidas.

De modo que Trevelyan, que era inglés, fue el que pegó a Eddie. En realidad, Trevelyan, que era de constitución rubicunda y estaba empezando a echar tripa, se fue poniendo más y más rojo mientras le daba con la correa, resollando a cada golpe, esforzándose por sentir la misma rabia que cualquier afrikaner. ¿Cómo puede Trevelyan, entonces, cuadrar en la teoría de que los ingleses son buenos?

Todavía tiene una deuda con Eddie, de la cual no ha hablado con nadie. Después de comprarse la bicicleta Smiths con el dinero de su octavo cumpleaños y de darse cuenta de que no sabía montar en ella, fue Eddie quien le empujó por Rosebank Common, dándole órdenes, hasta que de repente él logró dominar el arte de mantenerse en equilibrio.

Aquella primera vez dio una gran vuelta, pedaleando fuerte para atravesar el suelo arenoso, hasta regresar a donde Eddie le estaba esperando. Eddie estaba emocionado y no paraba de dar saltos. «*Kan ek 'n kans kry?*», gritó. ¿Me toca a mí ahora? Le pasó la bicicleta a Eddie. Eddie no necesitó que le empujaran: salió tan rápido como el viento, de pie sobre los pedales, la raída chaqueta azul marino flameando a su espalda; montaba mucho mejor que él.

Recuerda cuando jugaba a lucha libre con Eddie en el césped. Aunque Eddie solo tenía siete meses más que él, y no era más corpulento, poseía una fuerza nervuda y una determinación que siempre le hacían salir vencedor. Vencedor, pero humilde en la victoria. Solo por un momento, cuando tenía a su oponente inmovilizado por la espalda, desprotegido, se permitía Eddie una sonrisa burlona de triunfo; después rodaba a un lado, se ponía en pie y luego se agazapaba, listo para el siguiente asalto.

El olor del cuerpo de Eddie perdura en su interior desde estas peleas, y también el tacto de su cabeza, el duro cráneo con forma alargada y el pelo crespo y abundante.

Su padre dice que tienen las cabezas más duras que los blancos. Por eso son tan buenos en boxeo. Por la misma razón, afirma, nunca serán buenos en rugby. En el rugby tienes que ser rápido de pensamiento, no puedes ser un cabeza hueca.

Durante sus combates llega un momento en que tiene los labios y la nariz pegados al pelo de Eddie. Respira su olor, su sabor: el olor, el sabor del tabaco.

Todos los fines de semana Eddie tenía que bañarse de pie en el barreño del lavabo de los sirvientes, frotándose con un trapo enjabonado. Él y su hermano arrastraban un cubo de basura hasta el ventanuco y se subían encima para echar una mirada furtiva. Excepto por su cinturón de cuero, aún sujeto a su cintura, Eddie estaba desnudo. Al ver las dos caras en la ventana, se le dibujaba una amplia sonrisa y gritaba «*Hê!*» y bailaba en el barreño, chapoteando en el agua, sin taparse.

—Eddie se ha dejado puesto el cinturón para bañarse —le dijo él más tarde a su madre.

—Que haga lo que quiera —le respondió ella.

Nunca ha estado en Ida's Valley, de donde es Eddie. Imagina que es un lugar frío y sórdido. En la casa de la madre de Eddie no hay luz eléctrica. El techo tiene goteras, todo el mundo está siempre tosiendo. Cuando sales fuera tienes que ir saltando de piedra en piedra para evitar los charcos. ¿Qué posibilidades tiene Eddie ahora que está de nuevo en Ida's Valley, caído en desgracia?

—¿Qué crees que estará haciendo Eddie ahora? —le pregunta a su madre.

—Probablemente esté en un reformatorio.

—¿Por qué?

—La gente así siempre acaba en un reformatorio y después en la cárcel.

No comprende esa acritud contra Eddie. No la entiende cuando se deja llevar por ese humor agrio en el que las cosas, casi por azar, van cayendo bajo su lengua afilada y despectiva: la gente de color, sus propios hermanos y hermanas, los libros, la educación, el gobierno. A él no le importa mucho lo que su madre piense de Eddie siempre que no cambie de idea de un día para otro. Cuando ella estalla de ese modo, él siente que el suelo se abre bajo sus pies y que se cae.

Imagina a Eddie con su vieja chaqueta, agachándose para esconderse de la lluvia que siempre cae sobre Ida's Valley, fumando colillas con otros chicos de color. Él tiene diez años, y Eddie, en Ida's Valley, también. Durante un tiempo Eddie tendrá once mientras él todavía tenga diez; después tendrá once también. Siempre estará intentando superar su propia edad, permaneciendo con Eddie durante un tiempo, y quedándose de nuevo atrás. ¿Cuánto tiempo será así? ¿Logrará escapar alguna vez de Eddie? Si se cruzan un día por la calle, ¿lo reconocerá Eddie, a pesar de toda la bebida y la marihuana, a pesar de la cárcel y el endurecimiento, y se parará y le gritará: «*Jou moer!*», ¡Eh, colega!?

En este momento sabe que Eddie, en la casa llena de goteras de Ida's Valley, envuelto en una manta maloliente y todavía con la misma chaqueta, está pensando en él. En los ojos oscuros de Eddie hay dos rendijas amarillentas. De una cosa está seguro: Eddie no sentiría pena por él.

11

Tienen pocos contactos sociales fuera del círculo de parientes. Cuando vienen extraños a casa, él y su hermano se escabullen como animales salvajes, y luego regresan a hurtadillas para ocultarse detrás de las puertas y fisgonear. También han practicado unos agujeros en el techo para poder espiar; trepan al tejado y miran lo que sucede en el salón desde arriba. Su madre se apura cuando oye el rumor de pies arrastrados. «Son solo niños jugando», explica con una sonrisa tensa.

Él huye de las conversaciones educadas porque sus fórmulas: «¿Cómo estás?», «¿Cómo te va en el colegio?», le desconciertan. Como no sabe cuáles son las respuestas correctas, farfulla y tartamudea como un tonto. Sin embargo, al final no se avergüenza de su salvajismo, de su impaciencia ante la insípida jerga de las conversaciones educadas.

—¿Es que no puedes ser simplemente normal? —le pregunta su madre.

—Odio a la gente normal —le responde acalorado.

—Odio a la gente normal —repite como un eco su hermano. Su hermano tiene siete años y una sempiterna sonrisa nerviosa y tirante; en el colegio vomita de vez en cuando, sin razón aparente, y lo envían a casa.

En lugar de amigos ellos tienen familia. La familia de su madre es la única gente del mundo que lo acepta más o menos como es. Lo aceptan —rudo, poco sociable, excéntrico— no solo porque si no lo aceptaran no podrían venir de visita, sino porque ellos también se criaron salvajes y rudos. La familia de su padre, por el contrario, los desaprueban a él y a la educación que le ha dado su madre. En su compañía se siente incómodo; tan pronto como puede huir de ellos empieza a burlarse de los tópicos de las buenas maneras («*En hoe gaan dit met jou mammie? En met jou broer? Dis goed, dis goed!*» ¿Cómo está tu madre? ¿Y tu hermano? ¡Bien!). Tampoco puede rehuirlos: si no participa en sus rituales no podrá ir de visita a la granja. Así que, muerto de vergüenza, despreciándose a sí mismo por su cobardía, se resigna. «*Dit gaan goed* –dice–. *Dit gaan goed met ons almal.*» Estamos todos bien.

Sabe que su padre se pone del lado de su familia y en contra de él. Esa es una de las formas que tiene su padre de acercarse a su propia madre. Le da escalofríos pensar en la vida que tendría que afrontar si su padre llevara las riendas de la casa, una vida llena de fórmulas estúpidas y aburridas, que lo convertirían en un ser vulgar. Su madre es la única que se interpone entre él y una existencia que no podría soportar. Por eso, a la vez que le irritan su torpeza y su estupidez, se abraza a ella como a su única protectora. Él es su hijo, no el hijo de su padre. Niega y detesta a su padre. No olvidará el día en que, hace dos años y por primera y única vez, su madre permitió a su padre enzarzarse con él, como un perro que se suelta de la correa («¡He llegado al límite, no puedo soportarlo más!»), y los ojos de su padre relumbraban de ira y de lástima al zarandearlo y abofetearlo.

Debe ir a la granja porque no hay ningún otro lugar en el mundo que ame más o que pueda imaginarse amar más. Todo lo que resulta complejo en lo que concierne a su amor por su madre se torna simple en lo que concierne al amor por la granja. Sin embargo, desde que tiene memoria, este amor tiene un punto de dolor. Puede visitar la granja, pero nunca vivirá allí. La granja no es su hogar; nunca será más que un huésped, un huésped difícil. Incluso ahora, día a día, la granja y él van por caminos distintos, separados, caminos que no tienden a encontrarse sino a alejarse aún más. Un día la granja se habrá alejado por completo, se habrá perdido para siempre; ya se siente afligido por esa pérdida.

La granja era de su abuelo, pero su abuelo murió y pasó a ser de su tío Son, el hermano mayor de su padre. Son era el único con condiciones de granjero; todos los demás hermanos y hermanas habían huido rápido a los pueblos y las ciudades. Sin embargo, todos tienen la sensación de que la granja en la que se criaron todavía es suya. De modo que, al menos una vez al año, y algunas veces dos, su padre regresa a la granja y él lo acompaña.

La granja se llama Vöelfontein, la fuente del pájaro; él ama todas y cada una de sus piedras, de sus matorrales, de sus briznas de hierba; ama los pájaros que le dieron el nombre, los millares de pájaros que cuando cae el crepúsculo se congregan en los árboles que hay alrededor de la fuente llamándose unos a otros, gorjeando, ahuecando las plumas, preparándose para la noche. Es inconcebible que otra persona ame la granja como la ama él. Pero no puede hablar de su amor, no solo porque la gente normal no habla de ese tipo de cosas, sino porque confesarlo sería traicionar a su madre. Y sería una traición no solo porque ella también viene de una granja (una granja rival de un sitio lejano de la que habla con un amor y una nostalgia que le pertenecen, una granja a la que nunca podrá regresar porque fue vendida a desconocidos), sino porque ella no es bienvenida de verdad a esta granja, la granja real, Vöelfontein.

Ella no le contará nunca por qué eso es así –y él, en el fondo, se lo agradece–, pero poco a poco va recomponiendo la historia. Durante la guerra, su madre vivió una larga temporada con sus dos hijos en una habitación alquilada de Prince Albert, sobreviviendo con las seis libras mensuales que enviaba su padre de la paga de cabo interino, más dos libras del Fondo de Ayuda a los Pobres del gobernador general. Durante ese tiempo no los invitaron ni una sola vez a la granja, que estaba a poco más de dos horas de carretera. Conoce esta parte de la historia porque incluso su padre, cuando volvió de la guerra, estaba enfadado y avergonzado por el modo en que los habían tratado.

De Prince Albert solo recuerda el zumbido de los mosquitos en las noches largas y calurosas, y a su madre en combinación andando de un lado para otro, con el sudor brotando de su piel, y sus piernas gordas y pesadas cruzadas por venas varicosas, tratando de calmar a su hermano, que todavía era un bebé y no paraba de llorar; y los días de mortal aburrimiento pasados detrás de las contraventanas cerradas para resguardarse del sol. Así vivieron, atrapados en aquella habitación, sin dinero para mudarse, esperando la invitación que nunca llegó.

Su madre todavía aprieta los labios cuando se menciona la granja. Sin embargo, cuando van a la granja por Navidad, ella los acompaña. La numerosa familia se reúne al completo. Se colocan camas, colchones y catres en todas las habitaciones, y en el gran porche también: una Navidad contó veintiséis. Su tía y las dos criadas se pasan todo el día en la cocina cargada de humo, cocinando, asando al horno, produciendo comida, rondas de té o café y pasteles sin parar, mientras que los hombres se sientan en el porche, dirigiendo la mirada, perezosos, al resplandeciente Karoo, intercambiando anécdotas sobre los viejos tiempos.

Se embebe del ambiente con avidez, se embebe de la mezcla feliz y descuidada de inglés y afrikaans que es su idioma común cuando se reúnen. Le gusta ese idioma extraño y bailarín, con partículas que se deslizan aquí y allá en las frases. Es más claro, más fresco que el afrikaans que estudian en el colegio, cargado de modismos que supuestamente proceden del *volksmond*, del habla del pueblo, pero que se diría que proceden del Gran Trek; modismos torpes y carentes de sentido sobre carretas y ganado y los arreos del ganado.

En su primera visita a la granja, cuando su abuelo aún vivía, todos los animales de corral de los libros de cuentos estaban todavía allí: los caballos, los burros, las vacas y sus terneros, los cerdos, los patos, una colonia de gallinas y el gallo que cacareaba para recibir el sol, las cabras y los chivos. Después, tras la muerte de su abuelo, el corral empezó a menguar, hasta que solo quedaron ovejas. Primero se vendieron los caballos, luego los cerdos fueron convertidos en carne (él vio a su tío disparar un tiro al último cerdo; la bala le dio detrás de la oreja: el animal gruñó, se tiró un pedo estruendoso y se derrumbó, primero sobre las rodillas, después sobre un costado, temblando). Luego desaparecieron las vacas, y los patos.

El motivo fue el precio de la lana. Los japoneses estaban pagando lo que les pidieran por la lana: era más sencillo comprar un tractor que mantener a los caballos, más sencillo conducir la Studebaker nueva por Fraserburg Road para comprar mantequilla congelada y leche en polvo que ordeñar una vaca y batir la manteca. Solo interesaban las ovejas, las ovejas con sus vellocinos de oro.

Podían aliviarse de la carga de la agricultura también. Lo único que aún se cultiva en la granja es alfalfa, por si los pastos de la granja se agotan y hay que alimentar a las ovejas. De los huertos solo queda un naranjal, que da año tras año unas naranjas dulcísimas.

Cuando, después de una siesta reparadora, sus tíos y tías se reúnen en el porche para tomar el té y contar historias, la charla desemboca a veces en los viejos tiempos de la granja. Recuerdan a su padre, «el granjero que fue todo un señor», que mantuvo un carruaje de dos caballos y cultivó trigales en las tierras debajo de la balsa que él mismo trilló y sembró. «Sí, aquellos sí que eran buenos tiempos», suspiran.

Les gusta sentir nostalgia por el pasado, pero ninguno de ellos regresaría a él. Él sí. Él quiere que todo sea como era en el pasado.

En una esquina del porche, a la sombra de la buganvilla, cuelga una cantimplora de lona. Cuanto más caluroso es el día, más fría está el agua; es un milagro, como el milagro de la carne que cuelga en la oscuridad de la despensa sin pudrirse, como el milagro de las calabazas colocadas en el tejado bajo el sol resplandeciente y que permanecen frescas. En la granja, al parecer, nada se marchita.

El agua de la cantimplora está mágicamente fresca, pero él no necesita más de un sorbo cada vez que bebe. Está orgulloso de lo poco que bebe. Eso le será útil, espera, si alguna vez se pierde en el *veld*. Quiere ser una criatura del desierto, de este desierto, como un lagarto.

Justo por encima de la granja hay una balsa con muros de piedra, de casi cuatro metros cuadrados, llenada por una bomba de aire, que provee de agua a la casa y al jardín. Un día de calor, él y su hermano llevan una bañera de hierro galvanizado a la balsa, la meten en el agua, se suben como pueden en ella y empiezan a remar.

Le da miedo el agua; piensa que su aventura será una manera de superarlo. Su embarcación se mece en mitad de la balsa. Motas de luz destellan en el agua; únicamente se oye el canto de las cigarras. Solo un pedazo de metal le separa de la muerte. Sin embargo, se siente bastante seguro, tan seguro que casi podría quedarse dormido. Así es la granja: nada malo puede sucederte aquí.

Solo se había subido a un bote una vez, cuando tenía cuatro años. Un hombre (¿quién sería?, trata de recordar, pero no lo logra) se los llevó a remar por la laguna de Plettenberg Bay. Se suponía que era un viaje de placer, pero todo el rato que estuvieron remando se quedó paralizado en su sitio, con la vista clavada en la lejana orilla. Una sola vez se atrevió a mirar por la borda. Debajo de ellos, en el fondo, un bosque de algas se mecía lánguidamente. Era como lo había temido, incluso peor; le rodaba la cabeza. Únicamente esos frágiles maderos del bote, que crujían a cada golpe de remo como si fueran a quebrarse, lo separaban de la muerte. Se agarró más fuerte y cerró los ojos para aplacar el pánico en su interior.

Hay dos familias de color en Vöelfontein, cada una con una casa de su propiedad. También está, junto a la balsa, la casa, ahora sin tejado, en la que solía vivir Outa Jaap. Outa Jaap estaba en la granja antes que su abuelo; lo único que él recuerda de Outa Jaap es que era un hombre muy viejo, de ojos lechosos y ciego, con las encías desdentadas y las manos nudosas, y que estaba sentado en un banco al sol cuando lo llevaron hasta él, quizá para que el viejo le diera su bendición antes de que se muriese, no está seguro. Aunque Outa Jaap ya ha muerto, su nombre todavía se menciona con respeto. Sin embargo, cuando pregunta qué tenía de especial Outa Jaap, las respuestas que obtiene son bastante vulgares. Outa Jaap pertenecía a los tiempos en los que aún no existían las rejas a prueba de chacales, le cuentan; a un tiempo en que el pastor que llevaba a sus ovejas a pastar a un campo lejano tenía que quedarse con ellas y guardarlas durante semanas. Outa Jaap pertenecía a una generación desaparecida. Eso es todo.

Sin embargo, le parece que sabe lo que se esconde tras esas palabras. Outa Jaap era parte de la granja; aunque su abuelo la hubiera comprado y fuera su propietario legal, Outa Jaap vino con ella, sabía de ella, de las ovejas, del *veld*, del tiempo, más de lo que nunca llegaría a saber el recién llegado. Ese era el motivo por el que Outa Jaap tenía que ser tratado con respeto; ese es el motivo por el que ni siquiera se plantea la cuestión de deshacerse del hijo de Outa Jaap, Ros, ya de edad madura, pese a que no se trata de un trabajador especialmente bueno, y es poco fiable y propenso a hacer mal las cosas.

Se da por hecho que Ros vivirá y morirá en la granja, y que lo sucederá uno de sus hijos. Freek, el otro jornalero, es más joven y enérgico que Ros, muy listo y más formal. Sin embargo, él no pertenece a la granja: se da por hecho que no tiene por qué quedarse.

Cuando viene a la granja desde Worcester, donde la gente de color tiene que suplicar por todo («*Asseblief my nooi!*

Asseblief my basie!»), le alivia ver las relaciones tan correctas y formales que hay entre su tío y los *volk*. Todas las mañanas su tío habla con sus dos hombres de las tareas del día. En lugar de dar órdenes, propone las labores necesarias, una a una, como si repartiera las cartas sobre una mesa; sus hombres también reparten sus propias cartas. En medio se producen pausas, silencios largos y reflexivos en los que no ocurre nada. De pronto, misteriosamente, todo el asunto parece zanjado: quién irá a cada sitio, quién hará cada cosa. «*Nouja, dan sal ons maar loop, baas Sonnie!*» Vamos. Y Ros y Freek se ponen los sombreros y se marchan animosamente.

Pasa lo mismo en la cocina. Dos mujeres trabajan en la cocina: la mujer de Ros, Tryn, y Lientjie, su hija de otro matrimonio. Llegan a la hora del desayuno y se van después de la comida del mediodía, la principal del día, la comida que aquí llaman cena. Lientjie es tan tímida con los desconocidos que esconde la cara y le entra la risa floja cuando le hablan. Pero si él se queda junto a la puerta de la cocina puede enterarse de la corriente de conversaciones en voz baja que fluye entre su tía y las dos mujeres; le encanta fisgonear lo que dicen: el suave y agradable chismorreo de las mujeres, chismes que pasan de oído a oído, chismes que no solo atañen a la granja, sino a todo el pueblo de Fraserburg Road y a la reserva de la gente de color a las afueras del pueblo, y al resto de las granjas del distrito también: una ligera telaraña blanca de rumores que gira sobre el pasado y el presente, una telaraña a la que se hace girar en ese mismo momento en otras cocinas también, la cocina de los Van Rensburg, la cocina de los Albert, la cocina de los Nigrini, las cocinas de los numerosos Bote: quién se casa con quién, de qué va a operarse la suegra de no sé quién, qué hijo va bien en el colegio, qué hija tiene problemas, quién visitó a quién, qué llevaba puesto no sé qué en tal o cual ocasión.

Pero él se siente más cercano a Ros y a Freek. Le devora la curiosidad por saber las vidas que viven. ¿Llevan camisetas y calzoncillos como los blancos? ¿Tiene cada uno una cama? ¿Duermen desnudos o con las ropas de trabajo, o tienen pijamas? ¿Comen comidas decentes sentados a la mesa con cuchillo y tenedor?

No hay manera de encontrar las respuestas porque se le disuade para que no visite sus casas. Sería de mala educación, le dicen. Sería de mala educación porque Ros y Freek se sentirían avergonzados.

Si no es vergonzoso tener a la mujer y a la hija de Ros trabajando en la casa, quisiera preguntar, preparando comidas, lavando la ropa, haciendo las camas, ¿por qué sí lo es que les haga una visita a sus casas?

Parece un buen argumento, pero tiene un defecto, y él lo sabe. Porque la verdad es que sí es vergonzoso tener a Tryn y a Lientjie en la casa. No le gusta cuando se cruza con Lientjie en el pasillo y ella tiene que hacer como si fuera invisible y él tiene que hacer como si ella no estuviera allí. No le gusta ver a Tryn de rodillas en el lebrillo lavándole la ropa. No sabe cómo contestarle cuando ella se dirige a él hablándole de usted, llamándole *die kleinbaas*, el señorito, como si él no estuviera presente. Todo es profundamente vergonzoso.

Resulta más fácil con Ros y Freek. Pero incluso con ellos ha de hablar utilizando frases de construcción tortuosa para evitar tutearlos cuando ellos le llaman *kleinbaas*, señor. No está seguro de si Freek cuenta como un hombre o como un chico, de si está haciendo el tonto cuando trata a Freek como a un hombre. Con la gente de color en general, y con la del Karoo en particular, simplemente no sabe cuándo dejan de ser niños y se convierten en adultos. Ocurre tan pronto, tan de repente: un día están jugando con juguetes y al siguiente están fuera con los hombres, trabajando, o en la cocina de alguien, fregando platos.

Freek es educado y de hablar pausado. Tiene una bicicleta de neumáticos anchos y una guitarra; por las noches se sienta fuera de su habitación y toca la guitarra para sí mismo, sonriendo con su sonrisa lejana. Los sábados por la tarde se va con la bicicleta a la reserva de los de color a las afueras de Fraserburg Road. Se queda allí hasta el domingo por la tarde, y no vuelve hasta mucho después de que haya anochecido: a kilómetros de distancia ven la manchita de luz diminuta y ondulante del faro de su bicicleta. A él le parece una hazaña cubrir en bicicleta esa inmensa distancia. Si pudiera, le rendiría culto a Freek como a un héroe.

Freek es un jornalero, se le paga un salario, se le puede despachar sin muchas explicaciones. Sin embargo, cuando ve a Freek en cuclillas, con la pipa en la boca y la mirada perdida en el *veld*, piensa que este hombre pertenece a ese sitio mucho más que los Coetzee; si no a Vöelfontein, al menos al Karoo. El Karoo es el país de Freek, su hogar; los Coetzee, bebiendo té y murmurando en el porche de la granja, son como las golondrinas, pasajeras, hoy aquí y mañana allá, o incluso como los gorriones, piando alegremente, de pies ligeros, de vida corta.

Lo mejor de todo en la granja, mejor que cualquier otra cosa, es la caza. Su tío solo tiene un arma, una pesada Lee-Enfield .303 que dispara unas balas demasiado grandes para cualquier tipo de caza (una vez su padre disparó con ella a una liebre y no quedaron más que despojos ensangrentados). Así que cuando él visita la granja toman prestada de uno de los vecinos una vieja .22. Lleva un único cartucho, que se carga directamente en la recámara; algunas veces se dispara y le deja un zumbido en los oídos durante horas. Nunca acierta con esa pistola a algo que no sean las ranas de la balsa y los *muisvöels* del huerto. Y a pesar de ello, nunca se siente vivir tan intensamente como cuando, a primera hora de la mañana, él y su padre salen con sus pistolas y siguen el cauce seco del Boesmansrivier en busca de caza: antílopes, cormoranes, liebres, y, en las laderas desnudas de las colinas, *korhaan*.

Un diciembre tras otro, él y su padre acuden a la granja para salir de caza. Toman el tren: no el Trans-Karoo Express o el Orange Express, por no mencionar el Blue Train, todos demasiado caros y que de todos modos no paran en Fraserburg Road, sino el tren ordinario de pasajeros, el que para en todas las estaciones, incluso en las más recónditas, y que algunas veces tienen que detenerse en las vías muertas y esperar a que los expresos más famosos hayan pasado como un rayo. A él le encanta este tren lento, le encanta dormirse abrigadito bajo las sábanas blancas y crujientes y las mantas azul marino que trae el mozo, le encanta despertarse por la noche en alguna estación silenciosa en mitad de ninguna parte, escuchando el silbido de la máquina cuando el tren está parado, el sonido metálico del martillo del capataz comprobando las ruedas. Y después, al alba, cuando llegan a Fraserburg Road, les está esperando el tío Son con su amplia sonrisa y su viejo sombrero manchado de aceite. «*Jis-laaik, maar jy word darem groot, John!*» (¡Te estás haciendo mayor!), le dice, y silba entre dientes. Y ya pueden cargar las bolsas en la Studebaker y partir.

Él admite sin cuestionárselo que la caza que se practica en Vöelfontein es variada. Admite que habrán tenido un buen día de caza si hacen saltar a una liebre o escuchan gorjear a un par de *korhaan* a lo lejos. Ya se podrá contar algo después al resto de la familia, que, para cuando ellos regresen con el sol ya alto en el cielo, estará sentada en el porche bebiendo café. La mayoría de las mañanas no tienen nada que contar, absolutamente nada.

No tiene sentido salir de caza cuando el sol pega más fuerte, porque los animales que quieren matar dormitan a la sombra. Pero a veces dan una vuelta por los caminos de la granja en la Studebaker cuando empieza a caer el sol, con el tío Son al volante y su padre en el asiento delantero sosteniendo la .303 y él y Ros en los asientos traseros.

Habitualmente es Ros quien se encarga de bajar de un salto del coche y abrir las puertas de las cercas, esperar a que el coche pase y después cerrar las vallas, una tras otra. Por eso en estas cacerías es un privilegio que te dejen abrir las cercas, mientras que Ros observa y asiente.

Van a cazar el legendario *paauw*. Sin embargo, como los *paauw* solo se ven una o dos veces al año –son tan raros, de hecho, que si te descubren disparándoles te obligan a pagar una multa de cincuenta libras–, deciden cazar *korhaan*. Llevan a Ros de caza porque como es un bosquimano, o casi un bosquimano, tiene que poseer una mirada muy aguda por naturaleza.

Y de hecho Ros es el primero en dar una palmada en el techo del coche para avisar de que ha divisado a los *korhaan*: aves pardogrisáceas del tamaño de los pollos que van saltando entre los matorrales en grupos de dos o tres. La Studebaker hace un alto: su padre apoya la .303 en la ventanilla y toma aire. El ruido seco del disparo resuena a todo lo largo y ancho del campo. A veces los pájaros, asustados, alzan el vuelo; por lo general, sin embargo, tan solo empiezan a corretear más rápido, emitiendo su característico gorjeo. En realidad, su padre nunca le ha dado a un *korhaan*, así que él nunca ha visto de cerca a uno de estos pájaros («avutardas de matorral», dice el diccionario afrikaans-inglés).

Su padre fue tirador en la guerra: manejaba una ametralladora Bofor antiaérea con la que disparaba a los aviones alemanes e italianos. Él se pregunta si alguna vez derribó un avión: nunca alardea de ello. ¿Cómo pudo llegar a ser tirador? Carece de dotes para serlo. ¿Es que se les asignaban a los soldados las tareas al azar?

La única variedad de caza que sí les resulta exitosa es la caza nocturna, que, pronto lo descubre, es algo vergonzoso de lo que no hay que jactarse. El método es sencillo. Después de la cena se montan en la Studebaker y el tío Son conduce en la oscuridad a través de los campos de alfalfa. En un punto determinado se para y enciende los faros. A no más de tres metros hay un antílope quieto, con las orejas tiesas apuntando hacia ellos y los ojos deslumbrados reflejando luces. «*Skiet!*», le susurra su tío. ¡Dispara! Su padre dispara y el antílope cae.

Se dicen a sí mismos que es aceptable cazar de ese modo porque los antílopes son una plaga, se comen la alfalfa que debería ser para las ovejas. Pero cuando el chico ve lo pequeño que es el antílope, no más grande que un perro de lanas, sabe que es un argumento falso. Cazan de noche porque no son lo bastante buenos para cazar de día.

Por otra parte, la carne de antílope, macerada en vinagre y después asada (observa a su tía hacer hendeduras en la carne y rellenarlas con clavo y ajo), está todavía más rica que la de cordero, de sabor fuerte y tierna, tan tierna que se deshace en la boca. Todo lo que hay en el Karoo está delicioso: los melocotones, las sandías, las calabazas, el carnero, como si todo lo que encuentra sustento en esta tierra árida fuera bendecido.

Nunca serán cazadores famosos. Aun así, le gusta sentir el peso del arma en la mano, el sonido de sus pies recorriendo la arena gris del río, el silencio que desciende pesado como una nube cuando se paran, y siempre el paisaje cercándolos, el querido paisaje de ocres y grises y castaños y verde oliváceos.

El último día de la visita, siguiendo el ritual, puede acabar con el resto de su caja de cartuchos .22 disparándolos contra una lata o contra el poste de la valla. Es un momento difícil. La pistola prestada no es buena, él no es un buen tirador. Con la familia mirándolo en el porche, dispara precipitadamente. Falla más veces de las que acierta.

Una mañana, mientras está solo en el lecho del río disparando a *muisvöels*, la .22 se encasquilla. No encuentra forma de sacar el cartucho alojado en la recámara. Se lleva la pistola a casa, pero el tío Son y su padre están lejos, en el *veld*. «Pregunta a Ros o a Freek», le sugiere su madre. Busca a Freek en el establo. Freek, sin embargo, se niega a tocar el arma. Le ocurre lo mismo con Ros, cuando lo encuentra. Aunque no se explican, parece que le tienen un terror sagrado a las armas. Así que tiene que esperar a que regrese su tío y saque el cartucho con la navaja. «Se lo pedí a

Ros y a Freek —se queja—, pero no quisieron ayudarme.» Su tío mueve la cabeza. «No debes pedirles que toquen armas —dice—. Saben que no deben hacerlo.»

No deben. ¿Por qué no? Nadie se lo dice. Pero él no deja de darle vueltas a la expresión «no debes». La escucha más a menudo en la granja que en ningún otro sitio, más a menudo incluso que en Worcester. Una expresión extraña, con solo que no se oiga el «no» significa todo lo contrario. «No debes tocar eso.» «No debes comer eso.» ¿Este sería el precio que pagar si dejara el colegio y rogase vivir aquí, en la granja? ¿Tendría que olvidarse de hacer preguntas y obedecer todos los «no debes» y hacer tan solo lo que le digan que haga? ¿Está preparado para darse por vencido y pagar ese precio? ¿No hay forma de vivir en el Karoo, el único lugar del mundo donde quiere estar, como quiere vivir: sin pertenecer a ninguna familia?

La granja es enorme, tan enorme que cuando en una de sus cacerías él y su padre llegan a una cerca a la orilla del río, y su padre anuncia que han alcanzado el límite entre Vöelfontein y la siguiente granja, se queda perplejo. En su imaginación, Vöelfontein es un reino por derecho propio. No hay tiempo suficiente en una sola vida para conocer todo Vöelfontein, conocer cada una de sus piedras y de sus matorrales. Ningún tiempo es suficiente cuando se ama un lugar de manera tan devoradora.

Conoce mejor Vöelfontein en verano, cuando yace aplastada bajo la luz uniforme y cegadora que se derrama del cielo. Aun así, Vöelfontein también tiene sus misterios, misterios que no pertenecen a la noche y a la penumbra sino a las tardes calurosas, cuando los espejismos bailan en el horizonte y el aire canta en sus oídos. Entonces, cuando todos los demás están echando la siesta, aturdidos por el calor, puede salir de puntillas de la casa y trepar la colina hasta llegar al laberinto de muros de piedra de los rediles que pertenecen a los viejos tiempos, cuando se llevaban hasta allí los miles de ovejas que pastaban en el *veld* para contarlas o esquilarlas o bañarlas. Los muros del redil tienen medio metro de grosor y sobrepasan su cabeza; están hechos de lisas piedras de color azul grisáceo, cada una de las cuales fue transportada hasta aquí en un carro tirado por burros. Trata de imaginarse los rebaños de ovejas, ahora todas muertas y desaparecidas, que se debieron guarecer del sol al socaire de estos muros. Trata de imaginarse cómo debía de ser Vöelfontein, cuando la casa grande y los cobertizos y los rediles estaban todavía levantándose: un lugar de trabajo, paciente, como el de las hormigas, año tras año. Ahora los chacales que atacaban a las ovejas han sido exterminados, abatidos o envenenados, y el redil, al no ser utilizado, se está desmoronando.

Los muros del redil serpentean varios kilómetros a lo largo de la colina. Aquí no se cultiva nada: pisotearon la tierra y la esquilmaron para siempre, él no sabe cómo: tiene un aspecto sucio, amarillento, enfermizo. Una vez dentro de los muros, está aislado de todo menos del cielo. Se le ha advertido que no venga aquí por el peligro que suponen las serpientes, porque nadie lo oiría si pidiese ayuda. Las serpientes, le advierten, se deleitan en las tardes calurosas como esta: la cobra, la víbora bufadora, la culebra... todas salen de sus guaridas para remolonear al sol y calentar su sangre fría.

Todavía no ha visto una serpiente en los rediles; sin embargo, vigila cada una de sus pisadas.

Freek se encuentra a una culebra detrás de la cocina, donde tienden la ropa las mujeres. La golpea con un palo hasta matarla y arroja el cuerpo largo y amarillo a un matorral. Las mujeres no se acercan por allí en semanas. Las serpientes se casan de por vida, dice Tryn; cuando matas al macho, la hembra viene en busca de venganza.

La primavera, en septiembre, es la mejor época para visitar el Karoo, aunque las vacaciones del colegio solo duran una semana. Un septiembre están en la granja cuando llegan los esquiladores. Surgen de ninguna parte, hombres salvajes que vienen en bicicletas cargadas de mantas y cacerolas.

Descubre que los esquiladores son gente especial. Cuando bajan a la granja, traen buena suerte. Para tenerlos contentos, escogen un *hamel*, un carnero castrado, bien cebado, y lo sacrifican. Se acomodan en el viejo establo, que se convierte en su barracón. Un fuego arde hasta bien entrada la noche mientras se dan el banquete.

Escucha una larga discusión entre el tío Son y el jefe de los esquiladores, un hombre tan fiero y de piel tan oscura que casi podría ser un nativo, con la barba puntiaguda y los pantalones sujetos con una cuerda. Hablan del tiempo, del estado de los pastos en el distrito de Prince Albert, en el distrito de Beaufort, en el distrito de Fraserburg, del pago. El afrikaans que hablan los esquiladores es tan denso, está tan repleto de giros extraños, que el chico apenas si los entiende. ¿De dónde vienen? ¿Acaso hay un país aún más profundo que el país de Vöelfontein, un lugar aún más apartado del mundo?

A la mañana siguiente, una hora antes del amanecer, le despierta el rumor de pezuñas cuando los primeros tropeles de ovejas pasan por delante de la casa, camino de los rediles junto al cobertizo donde las esquilan. La familia empieza a despertarse. Se oye el bullicio de la cocina, el olor a café. Con las primeras luces está fuera, vestido, demasiado nervioso para tomar un bocado.

Le encomiendan una tarea. Cuidará de la taza de hojalata llena de judías secas. Cada vez que un esquilador acaba con una oveja, la suelta con una palmada en el trasero y arroja el pellejo trasquilado sobre una mesa acomodada para ello, y la oveja, rosada y desnuda y sangrando por donde los esquiladores han cortado, trota con nerviosismo hasta el segundo corral, cada vez el esquilador coge una judía de la taza. Lo hace inclinando la cabeza y con un cortés «*My basie!*».

Cuando se cansa de sostener la taza (los esquiladores pueden coger las judías por sí solos, son gente de campo y ni siquiera han oído hablar de la falta de honradez), él y su hermano ayudan a apilar las pacas, saltando entre la masa de lana espesa, caliente y aceitosa. Su prima Agnes también está allí; ha venido de visita desde Skipperskloof. Ella y su hermana se les unen; los cuatro se tiran unos sobre otros, riendo y haciendo cabriolas como si estuvieran sobre un enorme edredón de plumas.

Agnes ocupa un lugar en su vida que él todavía no entiende. Se fijó en ella por primera vez cuando tenía siete años. Los invitaron a Skipperskloof, adonde llegaron ya avanzada la tarde después de un largo viaje en tren. Las nubes corrían por el cielo, el sol no daba calor. Bajo la luz fría del invierno, el *veld* se extendía azul rojizo sin rastro de verde. Ni siquiera la granja parecía acogedora: un austero rectángulo blanco con un tejado de zinc inclinado. No se parecía nada a Vöelfontein; él no quería estar allí.

A Agnes, que era unos meses mayor que él, se le permitió acompañarle. Ella se lo llevó a dar un paseo por el *veld*. Iba descalza; ni siquiera tenía zapatos. Pronto perdieron la casa de vista, estaban en medio de ninguna parte. Empezaron a hablar. Ella llevaba coletas y ceceaba, lo que a él le gustó. Desaparecieron sus reservas. A medida que hablaba se fue olvidando del idioma en que lo hacía: simplemente los pensamientos se transformaban en palabras en su interior, en palabras transparentes.

Ya no se acuerda de lo que le dijo aquella tarde a Agnes. Pero se lo contó todo, todo lo que él había hecho, todo lo que sabía, todo lo que esperaba. Ella lo acogió todo en silencio. Incluso mientras estaba hablando, supo que el día era especial gracias a ella.

El sol empezó a hundirse, de un rojo encendido, pero aún helado. Las nubes se ennegrecieron, el viento se hizo más cortante, le traspasaba las ropas. Agnes no llevaba más que un fino vestido de algodón; tenía los pies morados de frío.

«¿Dónde habéis estado? ¿Qué habéis estado haciendo?», les preguntaron los mayores cuando llegaron a casa. «*Niks nie*», respondió Agnes. Nada.

Aquí en Vöelfontein no se le permite a Agnes ir de caza, pero es libre para vagar con él por el *veld* o coger ranas con él en el gran embalse de tierra. Estar con ella es distinto a estar con los amigos del colegio. Tiene algo que ver con su dulzura, con su disposición para escuchar, pero también con sus delgadas piernas bronceadas, sus pies desnudos, su manera de saltar de piedra en piedra. Él es muy listo, el primero de su clase; ella también tiene fama de lista; vagan por los alrededores hablando de cosas por las que los mayores menearían la cabeza: sobre si el universo tiene un principio; qué hay más allá de Plutón, el planeta oscuro; dónde está Dios, si es que existe.

¿Por qué le es tan fácil hablar con Agnes? ¿Porque es una chica? A cualquier cosa que venga de él, ella parece responder sin reservas, con dulzura y presteza. Ella es prima hermana suya, por lo tanto no pueden enamorarse ni casarse. De alguna forma, eso es un alivio: es libre de ser amigo de ella, de abrirle el corazón. Pero ¿y si a pesar de todo está enamorado de ella? ¿Es esto el amor, esta generosidad natural, este sentimiento de ser comprendido por fin, de no tener que fingir?

Durante todo el día y también al día siguiente los esquiladores trabajan, parando apenas para comer, retándose unos a otros para comprobar quién es el más rápido. Cuando llega la noche del segundo día todo el trabajo está terminado, todas las ovejas de la granja han sido esquiladas. El tío Son saca una bolsa de lona llena de billetes y monedas, y paga a cada esquilador según el recuento de judías. Después hay otro fuego, otro banquete. A la mañana siguiente ya se han ido y la granja puede recobrar su ritmo lento de siempre.

Las pacas de lana son tantas que el cobertizo está a rebosar. El tío Son va de una a otra con una plantilla y una almohadilla de tinta, pintando en cada una su nombre, el nombre de la granja, la clase de lana. Días después llega un camión enorme (¿cómo se las arregló para cruzar por la arena del Boesmansrivier, donde se atascan incluso los coches?), cargan las pacas y se las llevan lejos.

Ocurre todos los años. Todos los años llegan los esquiladores, todos los años hay aventura y nerviosismo. Nunca terminará; no hay ninguna razón por la que deba terminar, mientras haya años.

La palabra secreta y sagrada que lo ata a la granja es «pertenencia». Cuando está solo en medio del *veld* puede pronunciar las palabras en voz alta: «La granja es el lugar al que pertenezco». Lo que cree de verdad pero no profiere, lo que guarda para sí por miedo a que se rompa el hechizo, es otra forma de decir la misma frase: «Yo pertenezco a la granja».

No se lo dice a nadie porque esa frase se puede confundir muy fácilmente, se puede tornar a la inversa muy fácilmente: «La granja me pertenece». La granja nunca le pertenecerá, nunca será más que un visitante: lo acepta. Pensar que realmente pueda vivir en Vöelfontein, que pueda llamar a la gran casa vieja su hogar, que ya no tenga que pedir permiso para hacer lo que le apetezca, le da vértigo; aparta ese pensamiento de sí. «Yo pertenezco a la granja»: eso es a lo más lejos a lo que puede llegar, incluso en lo más recóndito de su alma. Pero en lo más recóndito y secreto de su alma sabe lo que la granja a su modo sabe también: que Vöelfontein no pertenece a nadie. La granja es más grande que cualquiera de todos ellos. La granja es eterna. Cuando todos estén muertos, incluso cuando la casa esté en ruinas como lo están los rediles de la colina, la granja seguirá aquí.

Una vez, en el *veld*, lejos de la casa, se agacha y se frota las palmas en la arena como si se las estuviera lavando. Es un ritual. Está inventando un ritual. Aún no sabe lo que significa el ritual, pero le alivia saber que no hay nadie cerca que pueda verlo y contarlo después.

Pertenecer a la granja es su destino secreto, un destino para el que nació pero que él acepta con alegría. Su otro secreto es que, por mucho que luche, todavía pertenece a su madre. No se le escapa que estas dos servidumbres chocan.

Como no se le escapa que en la granja la influencia de su madre se debilita más que nunca. Al no permitírsele, por ser mujer, ir de caza, ni siquiera pasear por el *veld*, se encuentra en desventaja.

Él tiene dos madres. Ha nacido dos veces: ha nacido de una mujer y de la granja. Dos madres y ningún padre.

A un kilómetro de la granja la carretera se bifurca: el ramal de la izquierda lleva a Merweville, el de la derecha a Fraserburg. En la bifurcación está el cementerio, una parcela vallada con verja propia. Dominando el cementerio está la lápida de mármol de su abuelo; agrupadas alrededor hay docenas de otras sepulturas, más bajas y sencillas, con lápidas de pizarra, algunas con nombres y fechas grabados y otras sin ninguna inscripción.

Su abuelo es el único Coetzee que hay allí, el único que ha muerto desde que la granja pasó a ser de la familia. Aquí es donde acabó el hombre que empezó como vendedor ambulante en Piketberg, que abrió una tienda en Laingsburg y llegó a ser alcalde de la ciudad, y que al final compró el hotel de Fraserburg Road. Yace enterrado, pero la granja todavía es suya. Sus niños corren como enanos por ella, y sus nietos, enanos de los enanos.

Al otro lado de la carretera hay un segundo cementerio, sin valla; algunos de los montículos de las sepulturas están tan erosionados que ahora quedan a ras de tierra. Aquí yacen los sirvientes y los jornaleros de la granja, desde Outa Jaap a muy atrás. Las pocas lápidas que permanecen aún en pie no tienen nombre ni fechas. Con todo, él siente más temor aquí que entre las generaciones de los Bote arracimados alrededor de su abuelo. No tiene nada que ver con los espíritus. Nadie en el Karoo cree en espíritus. Lo que muere aquí, muere con firmeza y del todo: la carne la roen las hormigas, los huesos los blanquea el sol, y ahí acaba la historia. Sin embargo, entre estas tumbas, él pisa con inquietud. De la tierra viene un profundo silencio, tan profundo que casi podría ser un murmullo.

Cuando se muera, quiere que lo entierren en la granja. Si no se lo permiten, quiere que lo incineren y que esparzan sus cenizas aquí.

El otro lugar al que peregrina todos los años es Bloemhof, donde se erguía la primera granja. No hay nada que la recuerde excepto los cimientos, que no son de interés. Frente a ella había una balsa que se alimentaba de un manantial subterráneo; pero el manantial hace mucho que se secó. Del jardín y del huerto que una vez crecieron aquí no hay rastro. Pero junto al manantial, alzándose de la tierra yerma, se yergue una palmera enorme y solitaria. En el tronco de este árbol las abejas han hecho una colmena; son abejas pequeñas, negras y furiosas. El tronco está renegrido por el humo de las fogatas que durante años ha encendido la gente para robarles la miel a las abejas; sin embargo, las abejas continúan allí, recolectando néctar quién sabe de dónde en este paisaje seco y gris.

Le gustaría que las abejas se dieran cuenta de que él, cuando las visita, viene con las manos limpias, no para robarles sino para felicitarlas, para presentarles sus respetos. Pero conforme se acerca a la palmera empiezan a zumbar enfadadas; una avanzadilla se precipita sobre él, advirtiéndole que se aleje; una vez incluso tiene que huir, cruzar corriendo ignominiosamente el *veld* perseguido por el enjambre, zigzagueando y moviendo los brazos, agradecido de que no haya nadie por allí que pueda verlo y reírse de él.

Todos los viernes se sacrifica una oveja para la gente de la granja. Él acompaña a Ros y al tío Son para escoger la que va a morir; después se queda allí y observa cómo, en el lugar destinado a matadero que hay detrás del cobertizo, fuera de la vista de la casa, Freek sujeta las patas del animal mientras que Ros, con su pequeña navaja aparentemente inofensiva, le raja el pescuezo, y entonces los dos hombres sostienen con fuerza al animal mientras este patea y lucha y tose, y la sangre le sale a borbotones. Continúa observando mientras Ros desolla el cuerpo todavía caliente y lo cuelga de la hevea, lo abre en canal y tira las entrañas a un cuenco: el gran estómago azulado lleno de hierba, los intestinos (de los que extrae, presionando, las últimas cagarrutas que la oveja no tuvo tiempo de expulsar), el corazón, el hígado, los riñones; todas las vísceras que la oveja tiene en su interior y que él tiene en su interior también.

Ros utiliza la misma navaja para castrar a los corderos. Él también observa ese acontecimiento. Acorralan a los corderos jóvenes y a sus madres, y los meten en el cercado. Después Ros se mueve entre ellos, va cogiendo corderos al paso por las patas traseras, uno a uno, los sujeta contra el suelo mientras balan aterrorizados, gimen con desesperación, y les abre el escroto. Agacha la cabeza, agarra los testículos con los dientes y los arranca. Parecen dos pequeñas medusas que arrastran vasos sanguíneos azules y rojos.

Ros cercena también el rabo y lo arroja a un lado, dejando un muñón sangriento.

Con sus piernas cortas, su holgado pantalón cortado por encima de las rodillas, sus zapatos hechos en casa y su andrajoso sombrero de fieltro, Ros arrastra los pies por el corral como un payaso, escogiendo los corderos, castrándolos sin piedad. Al final de la operación los corderos se quedan doloridos y sangrando junto a sus madres, que no han hecho nada para protegerlos. Ros cierra la navaja. El trabajo está hecho; esboza una sonrisa pequeña y tirante.

No hay forma de hablar de lo que ha visto. «¿Por qué tienen que cortarles a los corderos el rabo?», le pregunta a su madre. «Porque si no las moscardas se reproducirían bajo sus rabos», le contesta ella. Los dos están fingiendo; los dos saben cuál es la verdadera pregunta.

En una ocasión Ros le deja coger la navaja, le enseña con qué facilidad corta un pelo. El pelo no se dobla, tan solo se abre en dos al mero contacto con la hoja. Ros afila la navaja todos los días, escupiendo en la piedra de afilar, frotando la hoja con ella hacia adelante y hacia atrás, con soltura y ligereza. La hoja, afilada, utilizada y vuelta a afilar, está tan gastada que apenas queda nada de ella. Ocurre lo mismo con la pala de Ros: se ha utilizado durante tanto tiempo, se ha afilado tan a menudo, que tan solo quedan cinco o seis centímetros de acero; la madera del mango está blanda y renegrida de años de sudor.

–No deberías mirar eso –le dice su madre, después de una de las matanzas del viernes.

–¿Por qué?

–Simplemente, no deberías.

–Quiero verlo.

Y se va a ver cómo Ros clava la piel en el suelo y la rocía con sal gema.

Le gusta mirar a Ros y a Freek y a su tío mientras trabajan. Para aprovechar los elevados precios de la lana, Son quiere tener más ovejas en la granja. Pero después de años de lluvias escasas el *veld* es un desierto, los pastos y los matorrales están a ras de tierra. Entonces su tío decide vallar de nuevo la granja, dividirla en campos pequeños para que las ovejas puedan desplazarse de un campo a otro, y los pastos puedan regenerarse. Ros, Freek y él salen todos los días a clavar en la tierra dura las estacas de las vallas, extendiendo metros y metros de alambrada, tensándola y arqueándola, afianzándola.

El tío Son siempre lo trata con simpatía; sin embargo, él sabe que en realidad no le cae bien. ¿Cómo lo sabe? Por la incomodidad que se refleja en su mirada cuando él está cerca, por el tono forzado de su voz. Si de verdad le cayera bien al tío Son, sería con él tan franco y despreocupado como con Ros y Freek. En vez de eso, Son siempre se cuida de hablarle en inglés, incluso aunque él le responda en afrikaans. Ha pasado a ser una cuestión de honor para los dos; no saben cómo salir de la trampa.

Se dice a sí mismo que la antipatía no es personal, que es solo porque él, el hijo del hermano más joven de Son, es mayor que el propio hijo de Son, que todavía es un bebé. Pero teme que el sentimiento provenga de más hondo, que

Son le tenga poca simpatía por haberle entregado su lealtad a su madre en vez de a su padre; y también por no ser recto, honesto y sincero.

Si le dieran a elegir un padre entre Son y su propio padre, elegiría a Son, incluso aunque eso significara que él es irrevocablemente afrikaner y tuviera que pasar años en el purgatorio de un internado afrikaner, como hacen todos los niños de las granjas, antes de que se le permitiera regresar a Vöelfontein.

Quizá esa es la razón más profunda por la que no le cae bien a Son: porque siente la petición que le está haciendo esta extraña criatura y la repele, como un hombre que se quita de encima a un niño pegajoso.

Él observa a Son todo el tiempo, admirando la habilidad con la que lo hace todo, desde administrar un medicamento a un animal enfermo hasta arreglar una bomba de aire. Está especialmente fascinado por su conocimiento de las ovejas. Con solo mirar a una oveja, Son puede decir no solo la edad y el linaje y qué clase de lana dará, sino a qué sabrá cada parte de su cuerpo. Escoge una oveja para sacrificarla porque tiene las mejores costillas que comer a la parrilla o los muslos adecuados para un asado.

A él le gusta la carne. Está deseando que llegue el tintineo de la campanilla al mediodía y la suculenta comida que anuncia: platos de patatas asadas, arroz amarillento con pasas, boniatos acaramelados, calabaza con azúcar moreno y tiernos taquitos de pan, judías agridulces, ensalada de remolacha y, en el centro, en el lugar de honor, una gran fuente de carne de carnero con jugo para acompañarla. Sin embargo, después de haber visto a Ros sacrificar a las ovejas, ya no le gusta manosear la carne cruda. De vuelta a Worcester prefiere no entrar en las carnicerías. Le repugna la soltura indiferente con que el carnicero pone un trozo de carne en el mostrador, lo hace filetes, lo enrolla en papel marrón y escribe el precio en él. Cuando escucha el irritante silbido de la fina sierra eléctrica cortando el hueso, querría tapiarse los oídos. No le importa mirar los hígados, cuya función en el cuerpo no tiene muy clara, pero aparta la vista de los corazones que hay en el mostrador y, sobre todo, de las bandejas de despojos. Incluso en la granja rehúsa comer los menudillos, aunque son considerados un manjar exquisito.

Él no entiende por qué las ovejas aceptan su destino, por qué en lugar de rebelarse van dócilmente hacia la muerte. Si los antílopes saben que no hay nada peor en la tierra que caer en las manos de los hombres y luchan por escapar hasta el último aliento, ¿por qué son las ovejas tan estúpidas? Son animales, después de todo, poseen los finos instintos de los animales: ¿por qué no escuchan los últimos balidos de la víctima tras el cobertizo, olisquean su sangre y toman nota?

Algunas veces, cuando está entre las ovejas (acaban de cercarlas para darles un baño; están apretujadas en el corral y no tienen escapatoria), quisiera susurrarles al oído, avisarlas de todo lo que les aguarda. Pero entonces, en sus ojos amarillentos, él vislumbra algo que lo obliga a guardar silencio: una resignación, una presciencia no solo de lo que les ocurre a las ovejas a manos de Ros tras el cobertizo, sino también de lo que les aguarda al final del largo y sediento trayecto hasta Ciudad del Cabo a bordo del camión de transportes. Lo saben todo, hasta los más pequeños detalles, y sin embargo se resignan. Han calculado el precio y están dispuestas a pagarlo: el precio de estar en la tierra, el precio de estar vivas.

12

En Worcester siempre está soplando el viento, tenue y frío en invierno, caliente y seco en verano. Después de pasar una hora al aire libre, una capa de fino polvo rojizo te cubre el pelo, los oídos, la lengua.

Él es un niño sano, lleno de vida y de energía; sin embargo, parece que siempre esté resfriado. Por las mañanas se levanta con la garganta inflamada, los ojos enrojecidos, estornudando sin control, la temperatura de su cuerpo inestable. «Estoy enfermo», le gruñe a su madre. Ella le pone el dorso de la mano en la frente. «Entonces será mejor que te quedes en la cama», suspira a continuación.

Hay que pasar otro momento difícil, el momento en que su padre dice: «¿Dónde está John?», y su madre contesta: «Está enfermo», y su padre resopla y dice: «Fingiendo otra vez». Pasa el trago acostado, tratando de no hacer el menor ruido, hasta que su padre se ha ido y su hermano se ha ido y por fin puede entregarse a un día de lectura.

Lee a gran velocidad y totalmente absorto. En las ocasiones en que cae enfermo, su madre tiene que ir a la biblioteca dos veces por semana a sacar libros para él: dos con su carnet y otros dos con el de él, que evita después ir a la biblioteca por si el bibliotecario le hace preguntas cuando lleva a sellar los libros.

Sabe que si quiere ser un gran hombre debería leer libros serios. Debería ser como Abraham Lincoln o James Watt, y estudiar a la luz de una vela mientras los demás están durmiendo, y aprender por su cuenta latín y griego y astronomía. No ha abandonado la idea de ser un gran hombre; se promete a sí mismo que pronto empezará a leer libros serios; pero, por el momento, todo lo que quiere leer son cuentos.

Lee todos los libros de misterio de Enid Blyton, todas las historias de los hermanos Hardy, todos los cuentos de Biggles. Pero los libros que más le gustan son los relatos de la Legión Extranjera de P. C. Wren. «¿Quién es el mayor escritor del mundo?», le pregunta a su padre. Su padre responde que Shakespeare. «¿Por qué no P. C. Wren?», pregunta él. Su padre no ha leído a P. C. Wren y, pese a su experiencia como soldado, no parece interesado en hacerlo. «P. C. Wren escribió cuarenta y seis libros. ¿Cuántos escribió Shakespeare?», le desafía, y empieza a recitar los títulos. «¡Bah!», lo rechaza su padre irritado; pero no le ha dado una respuesta.

Si a su padre le gusta Shakespeare, entonces resuelve que Shakespeare debe de ser malo. Sin embargo, empieza a leer a Shakespeare en la edición amarillenta de cantos desgastados que heredó su padre y que puede que valga un montón de dinero porque es vieja. Y trata de descubrir por qué la gente dice que Shakespeare es fabuloso. Lee *Tito Andrónico* porque tiene nombre romano; después *Coriolano*, saltándose los parlamentos largos como se salta los parlamentos largos de los libros de la biblioteca.

Aparte de Shakespeare, su padre tiene los poemas de Wordsworth y los poemas de Keats. Su madre tiene los poemas de Rupert Brooke. Estos libros de poemas ocupan un lugar de honor en la repisa de la chimenea del salón, junto a Shakespeare, *La historia de San Michele* en un estuche de piel y un libro de A. J. Cronin sobre un doctor. Intenta leer en dos ocasiones *La historia de San Michele*, pero le aburre. Nunca consigue averiguar quién es Axel Munthe, si es un relato auténtico o inventado, si es sobre una chica o sobre un lugar.

Un día su padre entra en su habitación con el libro de Wordsworth. «Deberías leer estos», y señala unos poemas que ha marcado con lápiz. Unos pocos días después regresa, con la intención de hablar de los poemas. «"La sonora catarata me seguía como una pasión" –cita su padre–. Es poesía buena, ¿verdad?» Él mascula alguna cosa, evita mirar a su padre a los ojos, evita entrar en el juego. Su padre no tarda mucho en rendirse.

Él no se arrepiente de su grosería. No ve dónde encaja la poesía en la vida de su padre; sospecha que solo es una impostura. Cuando su madre le dice que para escapar de las burlas de sus hermanas tenía que ir a leer al desván, él se la cree. Pero no puede imaginarse a su padre, de niño, leyendo poesía, cuando ahora no lee más que el periódico. A esa edad, solo puede imaginarse a su padre bromeando, riendo y fumando cigarrillos detrás de los arbustos.

Mira a su padre leer el periódico. Lee rápido, nerviosamente, ojeando las páginas como si buscara algo que nunca está allí, rasgando y manoseando las hojas al pasarlas. Cuando termina de leer dobla varias veces el periódico y hace los crucigramas.

Su madre también venera a Shakespeare. Opina que la mejor obra de Shakespeare es *Macbeth*. «Mas si algo detener pudiera las consecuencias –dice atropelladamente, y hace un alto–: entonces que así sea y que nos traiga el éxito con su eliminación», continúa, asintiendo para mantener el ritmo. «Todos los perfumes de Arabia no podrían limpiar esta pequeña mano», concluye. *Macbeth* fue la obra que estudió en el colegio; su profesor permanecía detrás de ella y le pellizcaba el brazo hasta que había recitado el parlamento completo. «*Kom nou*, Vera!», le decía; venga, Vera, y la pellizcaba, y ella recordaba otras cuantas palabras.

Lo que no acaba de entender es cómo su madre, que es tan estúpida que ni siquiera puede ayudarle con los deberes de cuarto curso, habla un inglés perfecto y lo escribe mejor. Utiliza las palabras en el sentido correcto, su gramática es impecable. La lengua es su terreno, nadie puede vencerla. ¿Cómo es posible? El padre de ella era Piet Wehmeyer, un monótono nombre afrikaner. En el álbum de fotografías, con su camisa sin cuello y su sombrero de ala ancha, tiene aspecto de granjero corriente. En el distrito de Uniondale donde vivían no había ingleses; parece que todos los vecinos se llamaban Zondagh. Su propia madre nació Marie du Biel, de padres alemanes, sin una gota de sangre inglesa en sus venas. Sin embargo, cuando ella tuvo hijos les puso nombres ingleses –Roland, Winifred, Ellen, Vera, Norman, Lancelot– y les hablaba en inglés en casa. ¿Dónde aprendieron inglés, ella y Piet?

El inglés de su padre es casi tan bueno como el de ella, aunque su acento tiene más de una huella del afrikaans. Para hacer los crucigramas, su padre siempre está pasando las páginas de su edición de bolsillo del diccionario Oxford. Al menos parece ligeramente familiarizado con todas las palabras del diccionario, y también con todos los modismos. Pronuncia con deleite los modismos carentes del menor sentido, como afianzándolos en su memoria: «poner manos a la obra», «darse un batacazo».

Él no pasa de *Coriolano* en el libro de Shakespeare. Pero exceptuando la página de deportes y las tiras de cómics, el periódico le aburre. Cuando no tiene otra cosa que leer, lee los libros de tapas verdes. «¡Tráeme un libro verde!», le dice chillando a su madre desde la cama, donde guarda reposo. Los libros verdes son la *Enciclopedia de los niños* de Arthur Mee, que ha viajado con ellos desde que él tiene memoria. Los ha hojeado cientos de veces; de pequeño les arrancó páginas, las garabateó con ceras, rompió las tapas, de modo que ahora hay que manejar los volúmenes con cuidado.

En realidad no lee los libros verdes: la prosa lo impacienta muchísimo, es demasiado efusiva y pueril, excepto la segunda mitad del volumen diez, el índice, que está lleno de información objetiva. Pero él se queda absorto con las ilustraciones, especialmente con las fotografías de las esculturas de mármol, hombres desnudos y mujeres con las ropas arrolladas a la cadera. Chicas de mármol, tersas y estilizadas, llenan sus sueños eróticos.

Lo sorprendente de sus resfriados es la rapidez con que se curan o con que parecen curarse. Sobre las once de la mañana cesan los estornudos, el dolor de cabeza mengua, se siente bien. Está harto de su pijama sudado y maloliente, de las viejas mantas y el colchón flojo, de los pañuelos empapados esparcidos por todas partes. Sale de la cama pero no se viste: sería arriesgarse demasiado. Con la precaución de no asomarse fuera, para que no lo vea un vecino o alguien que pase por allí y le pregunte, juega con sus piezas de Meccano o pega estampas en su álbum o enhebra botones en cuerdas o trenza cordones de una madeja de lana sobrante. Su cajón está lleno de cordones que ha trenzado y que solo sirven para hacer de cinturones de la bata que no tiene. Cuando su madre entra en su habitación intenta parecer lo más avergonzado posible, se prepara para defenderse de sus observaciones mordaces.

La sospecha de que es un tramposo siempre cae sobre él. Nunca logra convencer a su madre de que está enfermo de verdad; cuando ella cede a sus ruegos, lo hace de forma poco amable, y únicamente porque no sabe decirle que no. Los compañeros de su clase creen que él es un mimado, el niño predilecto de su mamá.

Sin embargo, la verdad es que muchas mañanas se despierta esforzándose por respirar; le sobrevienen ataques de estornudos durante minutos interminables, hasta que se queda jadeante, llorando, deseando morirse. Es mentira que finja esos resfriados suyos.

La norma es que cuando has faltado al colegio, tienes que llevar un justificante. Se sabe de memoria la carta estándar de su madre: «Por favor, excuse la ausencia de John ayer. Estaba muy resfriado, y me pareció aconsejable que se quedase guardando cama. Atentamente». Entrega estas cartas que escribe su madre pensando que son mentira y que son leídas como mentiras, con el corazón lleno de aprensión.

Cuando al final del año hace recuento de las veces que ha faltado, el resultado es que por cada tres veces que ha ido ha faltado una. Con todo, sigue siendo el primero de la clase. Llega a la conclusión de que lo que ocurre en clase carece de importancia. Siempre puede ponerse al día en casa. Si por él fuera, se quedaría en casa todo el año, asistiendo a clase solo para hacer los exámenes.

Los profesores no dicen nada que no esté escrito ya en el libro de texto. No por eso él ni los otros chicos miran por encima del hombro a los profesores. De hecho, no le gusta cuando, alguna que otra vez, la ignorancia de un profesor se hace manifiesta. Si pudiera, protegería a los profesores. Escucha con atención cada una de sus palabras. Pero escucha menos para aprender que para evitar que lo pillen soñando despierto («¿Qué acabo de decir? Repite lo que acabo de decir»), para evitar que le pregunten en clase y lo pongan en ridículo.

Está convencido de que es distinto, especial. Lo que todavía no sabe es por qué está en el mundo. Intuye que no será un Arturo o un Alejandro, no será venerado en vida. Hasta que no se haya muerto no lo apreciarán.

Está esperando que le pregunten. Cuando ocurra, estará preparado. Él responderá impávido, incluso si eso significa ir a la muerte, como los hombres de la Brigada Ligera.

La pauta a la que se adhiere es la pauta de la VC, la cruz de la victoria. Solo los ingleses tienen la cruz de la victoria. Los norteamericanos no la tienen, y tampoco, para su decepción, la tienen los rusos. Por supuesto, los sudafricanos tampoco.

No tarda en caer en la cuenta de que VC son las iniciales de su madre.

Sudáfrica es un país sin héroes. Quizá Wolraad Woltemade contaría como héroe si no tuviera un nombre tan gracioso. Zambullirse en el mar embravecido una y otra vez para salvar a los infortunados marineros es un acto de valentía: pero ¿la valentía fue del hombre o del caballo? La imagen del caballo blanco de Wolraad Woltemade desafiando resuelto las olas (adora la fuerza intensa y la tenacidad de «resuelto») le pone un nudo en la garganta.

Vic Toweel disputa con Manuel Ortiz el título de campeón mundial de pesos gallo. El combate tiene lugar una noche de sábado; se queda levantado hasta tarde con su padre para escuchar los comentarios de la radio. En el último asalto Toweel, sangrando y exhausto, salta sobre su oponente. Ortiz se tambalea; la muchedumbre enloquece, la voz del comentarista está enronquecida de tanto gritar. Los jueces anuncian su decisión: el sudafricano Viccie Toweel es el nuevo campeón del mundo. Él y su padre gritan de júbilo y se abrazan. No sabe cómo expresar su dicha. Impulsivamente agarra el pelo de su padre, tira con todas sus fuerzas. Su padre se echa hacia atrás y lo mira extrañado.

Durante días los periódicos se llenan de fotografías de la pelea. Viccie Toweel es el héroe nacional. En cuanto a él, el júbilo pronto se atenúa. Todavía está contento de que Toweel haya vencido a Ortiz, pero ha empezado a preguntarse por qué. ¿Quién es Toweel para él? ¿Por qué carece de libertad para elegir entre Toweel y Ortiz en boxeo, cuando es libre de elegir entre los Hamilton y los Villager en rugby? ¿Está obligado a apoyar a Toweel, ese hombre feo y bajito, de hombros encorvados y nariz prominente y ojitos negros sin expresión, porque Toweel (a pesar de su nombre raro) es sudafricano? ¿Tienen los sudafricanos que apoyar a otros sudafricanos incluso cuando no los conocen?

Su padre no le es de ayuda. Su padre nunca dice nada sorprendente. Predice incansablemente que Sudáfrica va a ganar o que el Provincia Oeste va a ganar, ya sea en rugby o en críquet o en cualquier otra cosa. «¿Quién crees que va a ganar?», reta a su padre el día antes de que el Provincia Oeste juegue contra el Transvaal. «Provincia Oeste, una paliza», responde su padre como un reloj. Escuchan el partido por la radio y gana el Transvaal. Su padre permanece impertérrito. «El año que viene ganará el Provincia Oeste –dice–. Espera y verás.»

A él le parece estúpido creer que el Provincia Oeste ganará tan solo porque uno es de Ciudad del Cabo. Mejor creer que ganará el Transvaal, y después recibir una agradable sorpresa si no lo hace.

En sus manos conserva el tacto del pelo de su padre, grueso, vigoroso. La violencia de su acto todavía lo asombra y lo inquieta. Nunca antes se había tomado tantas libertades con el cuerpo de su padre. Preferiría que no volviera a ocurrir.

13

Es tarde por la noche. Todos duermen. Él está tendido en la cama, recordando. Cruza su cama una franja de luz anaranjada proveniente de las farolas que están encendidas toda la noche en Reunion Park.

Está recordando lo que ocurrió esa mañana durante la asamblea, mientras los protestantes cantaban sus himnos y los judíos y los católicos correteaban libres. Dos chicos mayores, católicos, lo acorralaron en una esquina. «¿Cuándo vas a venir a catequesis?», le preguntaron. «No puedo ir a catequesis, tengo que hacer unos recados para mi madre los viernes por la tarde», mintió él. «Si no vas a catequesis, no puedes ser católico», dijeron ellos. «Soy católico», insistió él, mintiendo de nuevo.

Si ocurriera lo peor, piensa ahora, afrontando lo peor, si el cura católico visitara a su madre y le preguntara por qué no va nunca a catequesis, o, la otra pesadilla, si el director del colegio anunciara que todos los chicos de nombre afrikaner van a ser trasladados a las clases de afrikaners; si la pesadilla se hiciera realidad y lo único que pudiera hacer fuera gritar y vociferar y llorar, con el comportamiento infantil que sabe todavía en su interior, replegado como un muelle... si, después de la tempestad, como último recurso desesperado, buscara la protección de su madre y se negara a ir al colegio, rogándole que le salvara... si finalmente estuviera a punto de deshonrarse a sí mismo por completo, revelando lo que solo sabe él, a su manera, y también su madre, a la suya, y quizá su padre, de la manera despreciable que le es propia, esto es, que sigue siendo un bebé y que nunca crecerá... si todas las historias que se han creado a su alrededor, que él ha creado, creadas con años de comportamiento normal, al menos en público, se desmoronasen y saliera lo más feo, lo más oscuro, lo más lloriqueante, lo más pueril de él a la vista de todos y se rieran de él... entonces ¿habría algún modo de seguir viviendo? ¿No se habría convertido en alguien tan malo como uno de esos niños deformes, raquíticos, mongólicos, de voces roncas y labios babosos a los que bien podría administrárseles píldoras para dormir o ahogarlos?

Todas las camas de la casa están viejas y estropeadas, los muelles se hunden, crujen al menor movimiento. Él trata de quedarse tan quieto como puede, en la franja de luz de la ventana, consciente de su cuerpo acostado de lado, de sus puños apretados contra su pecho. En este silencio trata de imaginar su muerte. Se borra de todo: del colegio, de la casa, de su madre; trata de imaginarse los días siguiendo su curso sin él. Pero no puede. Siempre hay algo que se deja atrás, algo pequeño y negro, como una nuez, como una bellota que ha estado en el fuego, seca, cenicienta, dura, incapaz de crecer, pero que está allí. Puede imaginarse su propia muerte pero no puede imaginar su propia desaparición. Por más que lo intente, no puede aniquilar el último residuo de sí mismo.

¿Qué es lo que lo mantiene con vida? ¿Es el miedo al dolor de su madre, un dolor tan grande que no puede soportar pensar en él más que un instante? (La ve en una habitación vacía, de pie y en silencio, tapándose los ojos con las manos; después corre un velo sobre ella, sobre la imagen.) ¿O hay algo más en él que se niega a morir?

Recuerda la última vez que lo acorralaron, cuando los dos chicos afrikaners le sujetaron las manos detrás de la espalda y lo obligaron a ir detrás del terraplén al otro extremo del campo de rugby. Sobre todo, recuerda al chico más grande, tan gordo que los michelines se salían de sus ropas ceñidas, uno de esos tontos o casi tontos que te pueden romper los dedos o machacarte la tráquea con tanta facilidad como le retuercen el pescuezo a un pájaro sonriendo de placer mientras lo hacen. Pasó miedo, de eso no hay duda, el corazón le latía en el pecho. Sin embargo, ¿cuánto había de verdad en ese miedo? Mientras tropezaba por el campo con sus raptores, ¿no había algo más profundo en su interior, algo bastante vivaz, que le decía: «No importa, nada puede herirte, esto es tan solo otra aventura»?

Nada puede herirte, no hay nada de lo que no seas capaz. Esas son las dos cosas de él, dos cosas que en realidad son una sola, la cosa que está bien de él y la cosa que está mal a la vez. La cosa que es dos cosas significa que él no morirá, pase lo que pase; pero ¿no significa además eso que tampoco vivirá?

Es un bebé. Su madre lo levanta, con la cara por delante, y lo sostiene por debajo de los brazos. Sus piernas cuelgan, su cabeza se dobla, está desnudo; pero su madre lo lleva delante de ella, adentrándose en el mundo. Ella no necesita ver adónde va, solo tiene que seguirlo. Ante él, a medida que ella avanza, todo se petrifica y se hace pedazos. Solo es un bebé con una gran barriga y una cabeza que se ladea, pero posee ese poder.

Se queda dormido.

14

Reciben una llamada telefónica de Ciudad del Cabo. La tía Annie se ha caído por las escaleras de su piso de Rosebank. La han llevado al hospital con una cadera rota; alguien debe ir a ocuparse de sus asuntos.

Es julio, mediado el invierno. Sobre todo el Cabo Oriental cae un manto de frío y lluvia. Cogen el tren de la mañana con destino a Ciudad del Cabo, su hermano, su madre y él, y luego un autobús que va de Kloof Street al hospital de Volks. La tía Annie, con su camisón floreado, menuda como una niña pequeña, está en el ala para mujeres. La sala está llena: ancianas de caras delgadas que se pasean en bata arrastrando los pies, hablando para sí; mujeres gordas y desaliñadas de rostros inexpresivos sentadas al borde de las camas, con los pechos derramándose descuidadamente hacia fuera. Un altavoz situado en una de las esquinas hace sonar la Springbok Radio. Las tres en punto, el programa vespertino de peticiones: «Cuando sonríen los ojos irlandeses», con Nelson Riddle y su orquesta.

La tía Annie se agarra al brazo de su madre con un débil apretón. «Quiero salir de este sitio, Vera –dice en un susurro ronco–. No es el mejor sitio para mí.»

La madre le palmea la mano, trata de calmarla. En la mesita de noche, un vaso de agua para la dentadura y una biblia.

La enfermera de la sala les dice que le han inmovilizado la cadera rota. La tía Annie tendrá que pasar otro mes en cama mientras el hueso se une. «Ya no es joven, llevará su tiempo.» Después tendrá que usar un bastón.

Como una ocurrencia tardía, la enfermera añade que cuando trajeron a la tía Annie tenía las uñas de los pies largas y negras como las garras de un pájaro.

Su hermano, aburrido, ha empezado a gimotear, quejándose de que tiene sed. Su madre para a una enfermera y la convence de que vaya a buscar un vaso de agua. Él, avergonzado, aparta la mirada.

Los mandan a la oficina del asistente social, al final del pasillo. «¿Son ustedes los familiares? —pregunta el asistente social—. ¿Pueden ustedes ofrecerle una casa?»

Su madre aprieta los labios. Menea la cabeza.

—¿Por qué no puede volver a su piso? —le pregunta a su madre después.

—No puede subir las escaleras. No puede ir a comprar.

—Yo no quiero que viva con nosotros.

—No va a venirse a vivir con nosotros.

La hora de visita se acaba, llega el momento de despedirse. Las lágrimas afluyen a los ojos de la tía Annie. Aprieta el brazo de su madre tan fuerte que tienen que obligarla a aflojar los dedos.

—*Ek wil huistee gaan*, Vera —murmura. Quiero irme a casa.

—Son unos días más, tía Annie, solo hasta que puedas volver a andar —le dice su madre con el tono más tranquilizador que puede.

Él nunca antes había visto esta faceta de ella: esta falsedad.

Le llega el turno. La tía Annie le tiende una mano. La tía Annie es tanto su tía abuela como su madrina. En el álbum hay una foto de ella con un bebé en brazos que se supone que es él. La tía Annie lleva un vestido negro hasta los tobillos y un sombrero negro anticuado: hay una iglesia al fondo. Ella cree que por ser su madrina tiene una relación especial con él. No parece notar el asco que él siente por ella, arrugada y repugnante, metida en la cama del hospital, el asco que siente por toda esa sala llena de mujeres repugnantes. Trata de que no se le note; se le cae la cara de vergüenza. Tolera la mano que le coge el brazo, pero quiere irse, salir de este lugar y no regresar jamás.

—Eres tan listo —le dice la tía Annie con la voz baja y ronca que tiene desde que él guarda recuerdo de ella—. Estás hecho un hombrecito, tu madre cuenta contigo. Debes quererla y ser un apoyo para ella, y para tu hermano también.

¿Apoyar a su madre? Qué tontería. Su madre es como una roca, como una columna de piedra. No es él quien tiene que ser un apoyo para ella, ¡es ella quien tiene que ser un apoyo para él! Pero ¿por qué estará diciendo la tía Annie estas cosas? Hace como si fuera a morirse cuando lo único que le pasa es que tiene una cadera rota.

Asiente, trata de parecer serio, atento y obediente mientras que en secreto tan solo está esperando que ella lo suelte. Ella pone esa sonrisa llena de connotaciones que pretende señalar los lazos especiales que la unen al primogénito de Vera, unos lazos que él no siente en absoluto, que no reconoce. Tiene los ojos claros, azul celeste, borrosos. Tiene ochenta años y está casi ciega. Ni siquiera con las gafas puede leer bien la biblia, tan solo la sostiene en su regazo y susurra palabras para sí misma.

Afloja la presión; el chico murmura algo y se retira.

Le toca a su hermano, que se resigna a que lo bese.

—Adiós, querida Vera —dice con voz desmayada la tía Annie—. *Mag die Here jou seën, jou en die kinders.* (Que Dios os bendiga a ti y a los niños.)

Son las cinco y está empezando a oscurecer. En el poco familiar bullicio de la hora punta de la ciudad cogen un tren hacia Rosebank. Van a pasar la noche en la casa de la tía Annie: la perspectiva le llena de tristeza.

La tía Annie no tiene frigorífico. Lo único que hay en la despensa son unas cuantas manzanas mustias, media hogaza de pan rancio, un tarro de paté de pescado del que su madre desconfía. Lo manda a la tienda india; cenan pan con mermelada y té.

La taza del váter está marrón de suciedad. Se le revuelve el estómago cuando se imagina a la vieja con las uñas de los pies largas y negras agachándose sobre ella. No quiere usarlo.

—¿Por qué tenemos que quedarnos aquí? —pregunta.

—¿Por qué tenemos que quedarnos aquí? —repite como un eco su hermano.

—Porque sí —dice su madre, inflexible.

La tía Annie utiliza bombillas de cuarenta vatios para ahorrar electricidad. En la luz amarillenta y mortecina de la habitación, su madre empieza a empaquetar la ropa de la tía Annie en cajas de cartón. Es la primera vez que él entra en el cuarto de la tía Annie. Hay cuadros en las paredes, fotografías enmarcadas de hombres y mujeres de mirada dura, adusta: los Brecher, los Du Biel, sus antepasados.

—¿Por qué no puede irse a vivir con el tío Albert?

—Porque Kitty no puede cuidar de dos personas ancianas y enfermas a la vez.

—Yo no quiero que viva con nosotros.

—No va a vivir con nosotros.

—Entonces, ¿dónde va a vivir?

—Le buscaremos una residencia.

—¿Qué quieres decir con «una residencia»?

—Una residencia, una residencia, una residencia para ancianos.

El único cuarto que le gusta del piso de la tía Annie es el de los trastos. En el cuarto de los trastos hay periódicos y cajas de cartón apilados hasta el techo. Hay estanterías repletas de libros, siempre el mismo: un libro pequeño y grueso encuadernado con tapas rojas, impreso en el papel grueso y basto que se usa para los libros en afrikaans y que parece papel secante con motas de broza y cagadas de mosca. El título del lomo es *Ewige Genesing*; en la cubierta aparece el título entero: *Deur 'n gevaarlike krankheid tot ewige genesing*,

De una enfermedad incurable a la curación eterna. Lo escribió su bisabuelo, el padre de la tía Annie; al libro –ha escuchado la historia muchas veces– ha dedicado ella la mayor parte de su vida, primero traduciendo el manuscrito del alemán al afrikaans, y luego gastando sus ahorros en pagar a una imprenta de Stellenbosch para imprimir cientos de ejemplares, y a un encuadernador para encuadernar algunos, y luego peregrinando por las librerías de Ciudad del Cabo. Como no pudo convencer a los libreros de que vendieran el libro, ella misma fue de casa en casa. Los que quedan están aquí, en las estanterías del cuarto de los trastos; las cajas contienen los pliegos sin encuadernar.

Él ha intentado leer *Ewige Genesing*, pero es demasiado aburrido. En cuanto Balthazar du Biel emprende la historia de su infancia en Alemania, la interrumpe con largos informes sobre luces en el cielo y voces que le hablan desde las alturas. Todo el libro parece igual: unos fragmentos sobre su persona seguidos de prolijas descripciones de lo que le decían las voces. Él y su padre bromean buenos ratos sobre la tía Annie y su padre Balthazar du Biel. Repiten el título de su libro con la entonación sentenciosa y cantarina de los predicadores, alargando las vocales: «De unaaa enfermedaaad incuraaable a la curación eteeerna».

—¿El padre de la tía Annie estaba loco? –le pregunta a su madre.

—Sí, supongo que estaba loco.

—Entonces, ¿por qué se gastó ella todo el dinero en imprimir su libro?

—Seguramente tenía miedo de él. Era un viejo alemán terrible, terriblemente cruel y autocrático. Todos sus hijos le tenían miedo.

—Pero ¿no había muerto ya?

—Sí, había muerto, pero seguramente sentía que era su deber con él.

La madre no quiere criticar a la tía Annie y su sentimiento de deber con el viejo loco.

Lo mejor del cuarto de los trastos es la prensa de libros. Está hecha de un hierro tan pesado y sólido como la rueda de una locomotora. Convence a su hermano de que ponga sus brazos en la mesa de prensar; luego él gira el gran tornillo hasta que le inmoviliza los brazos y no puede escapar. Después cambian los papeles y su hermano le hace lo mismo.

Una o dos vueltas más, piensa, y se aplastarán los huesos. ¿Qué es lo que les hace detenerse, a los dos?

Durante los primeros meses en Worcester los invitaron a una de las granjas proveedoras de fruta de Standard Canners. Mientras que los adultos bebían té, él y su hermano se dieron una vuelta por el corral. Allí encontraron una trituradora. Convenció a su hermano de que pusiera la mano dentro del embudo donde se echaban los granos de maíz; después accionó la palanca. Por un instante, antes de pararla, pudo sentir cómo se machacaban los delgados huesos de los dedos. Su hermano se quedó con la mano atrapada en la máquina, pálido de dolor, con una mirada inquisitiva, de desconcierto, en la cara.

Sus anfitriones los llevaron corriendo al hospital, donde un médico le amputó a su hermano la mitad del dedo corazón de la mano izquierda. Durante un tiempo anduvo con la mano vendada y el brazo en cabestrillo; después llevó un saquito de piel sobre el muñón del dedo. Tenía seis años. Aunque nadie le hizo creer que el dedo crecería de nuevo, no se quejó.

Nunca le ha pedido perdón a su hermano, tampoco le ha reprochado nadie nunca lo que le hizo. Sin embargo, el recuerdo le pesa, el recuerdo de la blanda resistencia de la carne y el hueso, y de cómo se trituraban.

—Al menos puedes sentirte orgulloso de tener a alguien en tu familia que hizo algo con su vida, que dejó algo tras de sí —dice su madre.

—Has dicho que era un viejo horrible. Has dicho que era cruel.

—Sí, pero hizo algo con su vida.

En la fotografía que hay en la habitación de la tía Annie, Balthazar du Biel tiene los ojos ceñudos, penetrantes y los labios finos y tensos. Junto a él, su mujer parece cansada y afligida. Era hija de otro misionero, y Balthazar du Biel la conoció cuando vino a Sudáfrica a convertir a los paganos. Más tarde, cuando viajó a Estados Unidos a predicar el Evangelio, se los llevó a ella y a sus tres hijos. En un vapor de ruedas del Mississippi alguien le regaló a su hija Annie una manzana, y ella se la llevó para enseñársela. La azotó por haber hablado con un extraño. Estos son los nuevos hechos que conoce de Balthazar, más lo que contiene el pesado libro de tapas rojas del que hay muchos más ejemplares en el mundo de los que el mundo quiere.

Los tres hijos de Balthazar son Annie, Louisa —la madre de su madre— y Albert, que aparece en las fotografías de la habitación de la tía Annie como un chico de mirada asustada vestido de marinero. Ahora Albert es el tío Albert, un viejo encorvado de carnes blancas pastosas como un champiñón que tembleques todo el tiempo y tiene que apoyarse en alguien al andar. El tío Albert nunca ha ganado un sueldo decente. Se ha pasado la vida escribiendo libros y cuentos; su mujer ha sido la que ha salido a trabajar.

Le pregunta a su madre por los libros del tío Albert. Ella leyó uno hace tiempo, dice, pero no lo recuerda. «Son muy anticuados. La gente ya no lee libros de esos.»

Encuentra dos libros del tío Albert en el cuarto de los trastos, impresos en el mismo papel grueso que *Ewige Genesing*, pero encuadernados con tapas marrones, del mismo marrón que los bancos de las estaciones de tren. Uno se llama *Kain*, el otro *Die Sondes van die vaders*, Los pecados de los padres.

—¿Puedo cogerlos? —pregunta a su madre.

—Claro que sí —dice ella—. Nadie va a echarlos en falta.

Intenta leer *Die Sondes van die vaders*, pero no pasa de la página diez, es demasiado aburrido.

«Debes querer a tu madre y ser un apoyo para ella.» Medita sobre los consejos de la tía Annie. «Querer»: pronuncia esa palabra con desagrado. Incluso su madre ha aprendido a no decirle «Te quiero», aunque de vez en cuando deja caer un dulce «Mi amor» cuando le da las buenas noches.

No le encuentra sentido al amor. Cuando los hombres y las mujeres se besan en las películas, y se escucha de fondo el sonido apagado y dulzón de los violines, él se revuelve en el asiento. Se promete que nunca será así: blandengue y tontorrón.

No se deja besar, excepto por las hermanas de su padre, y hace esa excepción porque es costumbre de ellas y no lo entenderían. Los besos son parte del precio que paga por ir a la granja: un rápido roce entre sus labios y los de ellas, que por suerte siempre están secos. La familia de su madre no besa. Tampoco ha visto a su padre y a su madre besarse nunca de verdad. Algunas veces, cuando están en presencia de otros adultos y por alguna razón tienen que fingir, su padre besa a su madre en la mejilla. Ella le ofrece la mejilla de mala gana y enojada, como si la estuvieran forzando; el beso es ligero, rápido, nervioso.

Ha visto el pene de su padre solo una vez. Fue en 1945, cuando su padre acababa de volver de la guerra y toda la familia estaba reunida en Vöelfontein. Su padre y dos de sus hermanos salieron de caza, y lo llevaron con ellos. Era un día caluroso; llegaron a un embalse y decidieron darse un chapuzón. Cuando el chico vio que se estaban bañando desnudos, intentó retirarse, pero no le dejaron. Estaban de buen humor y no paraban de gastarse bromas; querían que se quitara la ropa y se bañara también, pero no lo hizo. Así que vio tres penes juntos, el de su padre más claramente que ninguno, pálido y blanco. Recuerda claramente cuánto se resintió de que le hicieran ver aquello.

Sus padres duermen en camas separadas. Nunca han tenido una cama de matrimonio. La única cama de matrimonio que ha visto el chico es la de la granja, en el dormitorio principal, donde solían dormir su abuelo y su abuela. Cree que las camas de matrimonio son algo anticuado, de la época en la que las esposas parían un bebé al año, como las ovejas o las cerdas. Está agradecido de que sus padres terminaran con todo ese asunto antes de que él supiera que existía.

Está dispuesto a creer que, hace mucho, en Victoria West, antes de que él naciera, sus padres estuvieron enamorados, puesto que al parecer el amor es una condición previa al matrimonio. Hay fotografías en el álbum que parecen probarlo: los dos sentados muy juntos en un pícnic, por ejemplo. Pero todo eso debió de terminar hace años, y para él están mucho mejor así.

En cuanto a él, ¿qué tiene que ver la emoción furiosa y colérica que siente por su madre con el deliquio de la pantalla? Su madre lo quiere, eso lo reconoce; pero ese es el problema, eso es lo que está mal, no lo que está bien, de su actitud con él. Su amor sale a la luz, sobre todo, por su desvelo, por estar decidida a precipitarse hacia él y salvarle si alguna vez se encontrara en peligro. Si pudiera elegir (pero nunca lo haría) cedería a sus atenciones y dejaría que ella cargara con él el resto de su vida. Pero, porque está tan seguro de sus atenciones, él se mantiene a la defensiva, nunca afloja, nunca le da la menor oportunidad.

Está deseando quitarse de encima su atención sin desvelo. Puede que llegue un momento en que para conseguirlo tenga que afirmarse, rechazarla tan brutalmente que, del sobresalto, ella se vea obligada a dar marcha atrás y soltarlo. Sin embargo, solo tiene que pensar en ese momento, imaginar su mirada de sorpresa, sentir su dolor, para que lo anegue la culpa. Entonces haría cualquier cosa por suavizar el golpe: consolarla, prometerle que nunca se marchará lejos.

Al sentir su dolor, al sentirlo tan íntimamente como si él fuera una parte de ella, y ella una parte de él, sabe que ha caído en una trampa de la cual no puede escapar. ¿De quién es la culpa? Él la culpa a ella, está enfadado con ella, pero también se avergüenza de su ingratitud. «Querer»: eso es lo que realmente es querer, esta jaula en la que él se revuelve enloquecido, como un pobre mandril. ¿Qué puede saber la inocente e ignorante tía Annie del querer, del amor? Él sabe mil veces más del mundo que ella, que desperdició su vida por el loco manuscrito de su padre. Él tiene un corazón viejo, oscuro y endurecido, un corazón de piedra. Ese es su despreciable secreto.

15

Su madre estuvo un año en la universidad antes de que tuviera que dejarles paso a sus hermanos menores. Su padre es un abogado competente: trabaja para Standard Canners solo porque hacerse con una clientela (eso le cuenta su madre) costaría más dinero del que disponen. Aunque culpa a sus padres por no haberlo criado como a un niño normal, él está orgulloso de la educación que tienen ellos.

Por el hecho de que siempre se habla en inglés en casa, y por ser siempre el primero en inglés en el colegio, se ve a sí mismo como inglés. Aunque su apellido es afrikaner, aunque su padre es más afrikaner que inglés, aunque él mismo habla afrikaans sin acento inglés, nunca podría pasar por afrikaner. El afrikaans que domina es fino e incorpóreo; existe todo un denso mundo de jergas y alusiones que dominan los chicos afrikaners auténticos —del cual las obscenidades solo son una parte— y al que no tiene acceso.

Los afrikaners tienen en común además una determinada forma de ser: mal genio, intransigencia, y, en estrecha relación con esto, la amenaza de la fuerza física (él los ve como rinocerontes, enormes, pesados, muy fibrosos, golpeándose ruidosamente unos contra otros al cruzarse); es una forma de ser que él no comparte y de la que, de hecho, huye. Empuñan sus expresiones como un garrote contra sus enemigos. Por la calle conviene evitarlos cuando van en grupo; pero incluso cuando van solos tienen un aire agresivo, amenazante. Algunas veces, cuando los alumnos se alinean por las mañanas en el patio, él examina detenidamente las filas de los chicos afrikaners buscando a alguien que sea diferente, que tenga un toque de dulzura; pero no encuentra a nadie. Resulta impensable que él pueda estar alguna vez entre ellos: lo machacarían, matarían el espíritu que lo habita.

Sin embargo, para su sorpresa, se da cuenta de que no desea cederles el lenguaje afrikaans a ellos. Recuerda su primera visita a Vöelfontein, cuando tenía cuatro o cinco años y no hablaba una palabra de afrikaans. Su hermano era aún un bebé, lo tenían dentro de casa para que no le tocara el sol; no había nadie con quien jugar que no fueran los niños de color. Con ellos construía barcas con las vainas de los guisantes y las hacía flotar por los canales de riego. Pero él era como una criatura sin habla: tenían que entenderse mediante la mímica; a ratos sentía que iba a reventar por todas las cosas que no podía decir. Entonces un día abrió la boca y se dio cuenta de que podía hablar, hablar con facilidad y fluidez y sin pararse a pensar. Todavía recuerda cómo voló hasta su madre, gritando: «¡Escucha! ¡Sé hablar afrikaans!».

Cuando habla en afrikaans todas las complicaciones de la vida parecen desvanecerse en un minuto. El afrikaans es como una envoltura fantasmal que lo acompaña a todas partes, en la que es libre de introducirse, convirtiéndose al instante en otra persona, con un camino más sencillo, más alegre, más luminoso.

Algo de los ingleses que lo defrauda, que nunca imitará, es su desprecio por el afrikaans. Cuando arquean las cejas y, altivos, pronuncian incorrectamente las palabras afrikaans, como si decir *veld* con «v» fuera un signo de distinción, se aparta de ellos: se equivocan y, peor aún que equivocarse, resultan ridículos. En cuanto a él, no hace concesiones; incluso entre los ingleses pronuncia las palabras afrikaans como deben pronunciarse, con todas sus duras consonantes y sus dificultosas vocales.

Aparte de él, en su clase hay varios chicos con apellidos afrikaner. En las clases de afrikaans, por otro lado, no hay ningún chico con apellido inglés. Entre los alumnos del último año, sabe de un afrikaner apellidado Smith, aunque bien podría ser Smit; eso es todo. Es una pena, pero es comprensible: ¿qué inglés iba a querer casarse con una mujer afrikaner y tener una familia afrikaner cuando las mujeres afrikaners son todas enormes y gordas, de grandes pechos y cuellos hinchados como los de las ranas, o huesudas y deformes?

Le da gracias a Dios porque su madre hable inglés. Pero sigue desconfiando de su padre, a pesar de Shakespeare y de Wordsworth y de los crucigramas del *Cape Times*. No entiende por qué su padre sigue esforzándose por ser inglés aquí en Worcester, donde sería tan fácil para él volver a ser afrikaner. No considera que la infancia en Prince Albert, sobre la que escucha bromear a su padre con sus hermanos, sea muy diferente de la vida de un afrikaner en Worcester. Al igual que ocurría allí, consiste en recibir palizas e ir desnudo, en realizar las necesidades corporales delante de otros chicos, en una indiferencia animal con la intimidad.

La idea de que lo conviertan en un chico afrikaner, con la cabeza afeitada y sin zapatos, lo descorazona. Es como si lo encarcelaran, lo encerraran en una vida sin intimidad. Si fuera afrikaner tendría que vivir minuto a minuto en compañía de otros, día y noche. Una idea que se le hace insoportable.

Se acuerda de los tres días en el campamento scout, se acuerda de su suplicio, de su ardiente deseo, continuamente frustrado, de escabullirse hasta su tienda y leer un libro a solas.

Un sábado su padre lo envía a comprar cigarrillos. Puede elegir entre ir en bicicleta hasta el centro de la ciudad, donde hay tiendas adecuadas con escaparates y cajas registradoras, o ir a la cercana tiendecita afrikaner en el cruce de la vía del ferrocarril, que no es más que un cuartucho situado en la parte trasera de una casa con el mostrador pintado de marrón oscuro y las estanterías casi vacías. Elige la más cercana.

Es una tarde calurosa. En la tienda hay ristras de *biltong*, carne magra puesta a secar, que cuelgan del techo. Está a punto de decirle al chico de detrás del mostrador –un afrikaner mayor que él– que quiere veinte Springbok rubios cuando se le mete una mosca en la boca. La escupe con asco. La mosca yace en el mostrador ante él, luchando en un charco de saliva.

«*Sies!*», exclama otro de los clientes.

Le entran ganas de protestar: «¿Qué debo hacer? ¿No escupir? ¿Me trago la mosca? ¡Solo soy un niño!». Pero las explicaciones no sirven de nada entre esta gente sin piedad. Limpia el escupitajo del mostrador con la mano y rodeado de un silencio condenatorio paga los cigarrillos.

Recordando los viejos tiempos de la granja, el padre y los hermanos del padre vuelven una y otra vez al asunto de su propio padre, el abuelo del chico. «*'n Ware ou jintlman*», dicen, un señor de los de antes, repitiendo la fórmula que han creado para él, y se ríen: «*Dis wat hy op sy grafsteen sou gewens het*». Un granjero y un señor, eso es lo que le hubiera gustado que rezase en su lápida. Se ríen sobre todo porque su padre seguía llevando botas de montar cuando todos los demás de la granja llevaban *velskoen*, botas camperas.

Su madre, cuando los oye hablar así, hace una mueca de desprecio. «No olvidéis el miedo que le teníais –dice–. Teníais miedo de encender un cigarrillo en su presencia, incluso cuando erais hombres hechos y derechos.»

Se quedan avergonzados, sin respuesta: está claro que les ha dado en su punto débil.

Su abuelo, el de las pretensiones de gran señor, no solo llegó a poseer la granja y la mitad de las acciones del hotel y el almacén general de comerciantes de Fraserburg Road, sino también una casa en Merweville con un asta de bandera enfrente en la que izaba la Union Jack el día del cumpleaños del rey.

«*'n Ware ou jintlman en 'n ware ou jingo!*», añaden los hermanos: un auténtico patriotero, y de nuevo se ríen.

Su madre tiene razón. Parecen niños diciendo picardías a espaldas de sus padres. En cualquier caso, ¿con qué derecho se ríen de su padre? Si no fuera por él no hablarían nada de inglés: serían como sus vecinos, los Bote y los Nigrini, estúpidos y pesados, sin otro tema de conversación que las ovejas y el tiempo. Al menos, cuando la familia se reúne, hay un intercambio de chistes y risas en una mescolanza de lenguas; mientras que cuando los Nigrini o los Bote van a visitarlos, el ambiente se vuelve enseguida sombrío, pesado e insulso. «*Ja-nee*», dicen los Bote, suspirando: en fin. «*Ja-nee*», dicen los Coetzee, y rezan por que sus visitantes se den prisa y se vayan.

¿Y qué pasa con él? Si el abuelo al que venera era un patriotero, ¿es también él un patriotero? ¿Un niño puede ser un patriotero? Presta mucha atención cuando ponen «Dios salve al rey» en el cine y la Union Jack ondea en la pantalla. El son de las gaitas hace que le suba un escalofrío por la espina dorsal, y también las palabras «leal», «valeroso». ¿Debería guardar en secreto su adhesión a Inglaterra?

No puede entender por qué hay tanta gente a su alrededor que desprecia a Inglaterra. Inglaterra es Dunquerque y la batalla de Inglaterra. Inglaterra es hacer lo que uno debe y aceptar el destino que le está reservado en silencio, sin aspavientos. Inglaterra es el muchacho en la batalla de Jutlandia, que resistió él solo con sus armas mientras el puente se incendiaba bajo sus pies. Inglaterra es Lanzarote del Lago y Ricardo Corazón de León y Robin de los Bosques con su arco de tejo y su traje Lincoln verde. ¿Qué tienen los afrikaners para compararse con ellos? Dirkie Uys, que cabalgó en su caballo hasta que este murió. Piet Retief, al que dejó en ridículo Dingaan. Y los Voortrekkers, que llevaron a cabo su venganza disparando sobre miles de zulúes que no tenían escopetas, y se sintieron orgullosos de ello.

En Worcester hay una iglesia de la Iglesia anglicana y un clérigo de pelo gris que siempre lleva una pipa y también hace de jefe de los scouts, al que algunos de los chicos ingleses de su clase –los ingleses de verdad, con apellidos ingleses y casas en la parte antigua y frondosa de Worcester– se refieren familiarmente como padre. Cuando los ingleses hablan así el chico se sume en el silencio. Está el idioma inglés, que él domina con soltura. Está Inglaterra y todo lo que Inglaterra representa, a lo que él cree que es leal. Pero está claro que se exige más que eso antes de ser aceptado como un inglés de verdad: pruebas cara a cara, algunas de las cuales sabe que no pasará.

16

Se ha concertado algo por teléfono, no sabe qué, pero le inquieta. No le gusta la sonrisa reservada, satisfecha del rostro de su madre, esa sonrisa que significa que ha estado entrometiéndose en sus asuntos.

Son los últimos días antes de que dejen Worcester. Son también los mejores días del año escolar, los exámenes han terminado y no hay nada que hacer salvo ayudar al profesor a rellenar su libro de notas.

El señor Gouws lee en voz alta una lista de notas; los chicos las suman, asignatura por asignatura, y luego calculan los porcentajes, dándose prisa por ser los primeros en levantar la mano. El juego consiste en averiguar qué notas pertenecen a quién. Normalmente él reconoce sus notas porque conforman una secuencia que se eleva hasta noventa y cien en aritmética y disminuye a setenta en historia y geografía.

No se le dan bien la historia y la geografía porque odia memorizar. Tanto lo odia que pospone el estudio de la historia y la geografía hasta el último minuto, hasta la noche anterior al examen o incluso hasta la mañana misma del examen. Odia incluso el aspecto del libro de texto de historia, con sus rígidas cubiertas color chocolate y sus largas y aburridas listas de las causas de las cosas (las causas de las guerras napoleónicas, las causas del Gran Trek). Sus autores son Taljaard y Schoeman. Se imagina a Taljaard delgado y enjuto, a Schoeman regordete, calvo y con gafas; Taljaard y Schoeman se sientan a una mesa uno enfrente del otro en una habitación de Paarl, escriben sus páginas malhumoradas y se las van pasando. No puede imaginarse qué motivo les habrá llevado a escribir su libro en inglés, excepto para darles a los niños *Engelse* una lección.

La geografía no es mejor: listas de ciudades, listas de ríos, listas de productos. Cuando le piden que nombre los productos de un país siempre concluye su lista con cueros y pieles, esperando estar en lo cierto. No sabe en qué se diferencian el cuero y la piel, tampoco los demás.

En cuanto al resto de los exámenes, no desea que empiecen; sin embargo, cuando llegan se sumerge en ellos de buena gana. Se le dan bien los exámenes; si no fuera porque existen los exámenes y a él se le dan bien, tendría poco de especial. Los exámenes le producen un estado embriagador y tembloroso de agitación durante el cual escribe rápida y confiadamente. No le gusta el estado en sí mismo, pero reconforta saber que está ahí para sacarle provecho.

A veces, si entrechoca dos piedras y aspira, puede recuperar ese estado de nuevo, su olor, su sabor: pólvora, hierro, calor, un latido sordo y continuado en las venas.

El secreto que ocultan la llamada telefónica y la sonrisa de su madre sale a la luz durante el recreo de media mañana, cuando el señor Gouws le hace quedarse atrás. El señor Gouws tiene un aire de falsedad, una simpatía que le hace desconfiar.

El señor Gouws quiere que vaya a tomar el té a su casa. Asiente con torpeza y memoriza la dirección.

No es algo que desee. No es que le disguste el señor Gouws. Si no le inspira tanta confianza como la señora Sanderson, la profesora de cuarto curso, es solo porque el señor Gouws es un hombre, el primer hombre que le ha dado clases, y él es cauteloso con algo que alienta en todos los hombres: un desasosiego, una rudeza apenas refrenada, una sombra de placer ante la crueldad. No sabe cómo comportarse con el señor Gouws ni con el resto de los hombres: si ofrecerles resistencia y cortejar su aprobación, o si mantener una barrera de tiesura. Con las mujeres es más fácil porque son más bondadosas. Pero el señor Gouws —él no puede negarlo— es tan equitativo como puede serlo cualquier persona. Su dominio del inglés es bueno, y no parece dar muestras de rencor con los ingleses o con los chicos de familias afrikaners que prefieren ser ingleses. Durante una de sus muchas ausencias del colegio, el señor Gouws enseñó el análisis de los complementos del predicado. Él tiene problemas para ponerse al día con lo de los complementos del predicado. Si los complementos del predicado carecieran de sentido, como los modismos, los otros chicos también encontrarían dificultades. Pero los otros chicos, o la mayoría de ellos, parecen dominar a la perfección y sin esfuerzos los complementos del predicado. La conclusión no puede obviarse: el señor Gouws sabe algo acerca de la gramática inglesa que él no sabe.

El señor Gouws utiliza la vara de castigo con tanta frecuencia como cualquier otro profesor. Pero su castigo favorito, cuando la clase ha estado armando alboroto demasiado tiempo, es pedirles que dejen los bolígrafos, cierren los libros, se pongan las manos detrás de la cabeza, cierren los ojos y no se muevan.

Excepto por los pasos del señor Gouws que vigila recorriendo los pasillos arriba y abajo, reina un silencio absoluto en la habitación. De los eucaliptos repartidos por el patio llega el tranquilo arrullo de las palomas. Es un castigo que él podría soportar para siempre, con serenidad: las palomas, la suave respiración de los chicos que lo rodean.

Disa Road, el lugar donde vive el señor Gouws, también está en Reunion Park, en la nueva extensión al norte del municipio, que él nunca ha explorado. El señor Gouws no solo vive en Reunion Park y va al colegio en una bicicleta de anchos neumáticos: además tiene una esposa, una mujer humilde, oscura, y, lo que todavía es más sorprendente, dos niños pequeños. Eso lo descubre en el salón del número once de Disa Road, donde hay bollos y una tetera esperando en la mesa, y donde, como se temía, lo dejan a solas con el señor Gouws, con la obligación de mantener una conversación violenta, falsa.

Resulta aún peor. El señor Gouws, que ha cambiado la corbata y la chaqueta por unos pantalones cortos y unos calcetines de color caqui, trata de simular que, ahora que el año escolar ha terminado, ahora que está a punto de marcharse de Worcester, los dos pueden ser amigos. De hecho, trata de sugerir que han sido amigos todo el curso: el profesor y el chico más listo, el líder de la clase.

Él está cada vez más tieso y aturullado. El señor Gouws le ofrece un segundo bollo, que él rechaza. «¡Venga!», dice el señor Gouws y, sonriendo, lo coloca en su plato igualmente. Está deseando marcharse.

Le habría gustado irse de Worcester dejándolo todo en orden. Estaba dispuesto a concederle al señor Gouws un lugar en su memoria junto a la señora Sanderson: no exactamente con ella, pero cerca de ella. Ahora el señor Gouws lo está estropeando todo. Desearía que no fuera así.

El segundo bollo se queda en el plato sin comer. No fingirá más: guarda un silencio obstinado. «¿Tienes que irte?», pregunta el señor Gouws. Asiente. El señor Gouws se levanta y lo acompaña a la puerta de entrada, que es una copia de la puerta número doce de Poplar Avenue: de las bisagras surge la misma nota aguda, como un gemido.

Al menos el señor Gouws tiene la prudencia de no darle la mano o hacer cualquier otra sandez de esas.

La decisión de abandonar Worcester está relacionada con la Standard Canners. Su padre ha tomado la decisión de que su futuro no está con la Standard Canners, que, según él, ha iniciado su declive. Va a retomar el ejercicio de la abogacía.

Dan una fiesta de despedida en la oficina, de la que su padre regresa con un reloj nuevo. Poco después de eso parte para Ciudad del Cabo, solo, dejando a su madre para supervisar la mudanza. Ella contrata a un transportista llamado

Retief, que, por cincuenta libras, transportará en su vehículo no solo los muebles, sino también a ellos tres. Una ganga.

Los hombres de Retief cargan la furgoneta; su madre y su hermano suben. Él da una última pasada por la casa vacía, despidiéndose. Detrás de la puerta principal está el paragüero donde solía haber dos palos de golf y un bastón; ahora no hay nada.

—¡Se han dejado el paragüero! —grita.

—¡Ven! —lo llama su madre—. ¡Olvídate de ese viejo paragüero!

—¡No! —le contesta a gritos, y no se mueve hasta que vienen los hombres a buscar el paragüero.

—*Dis net 'n ou stuk pyp* —refunfuña Retief. Solo es un trozo de cañería.

Así se entera de que lo que él creía que era un paragüero no es más que un tubo de desagüe que su madre se ha llevado a casa y ha pintado de verde. Eso es lo que se están llevando a Ciudad del Cabo, junto al cojín lleno de pelos de perro sobre el que dormía Cosaco, y el rollo de tela de alambre del gallinero, y la máquina que echa bolas de críquet, y el palo de madera con el código morse. Subiendo por el paso de montaña de Bain's Kloof, la furgoneta de Retief recuerda al Arca de Noé, salvando los palos y las piedras de su antigua vida.

En Reunion Park pagaban doce libras al mes por la casa. La casa que ha alquilado su padre en Plumstead cuesta veinticinco libras. Está en el límite de Plumstead, da a una explanada de arena y matas enzarzadas donde tan solo una semana después de su llegada la policía encuentra a un bebé muerto en un paquete de papel de embalar. A media hora andando en la otra dirección, está la estación de trenes de Plumstead. La casa es de construcción reciente, como todas las casas de Evremonde Road, con marcos en las ventanas y suelos de parquet. Las puertas están combadas, los cierres no funcionan, hay un montón de cascotes en el patio trasero.

En la puerta contigua vive una pareja de recién llegados de Inglaterra. El hombre lava su coche a todas horas; la mujer, con un pantalón corto y gafas de sol, se pasa el día tumbada en la hamaca, bronceando sus largas piernas blancas.

El objetivo prioritario es encontrar colegio para él y su hermano. Ciudad del Cabo no es como Worcester, donde todos los chicos iban al colegio de chicos y todas las chicas al colegio de chicas. En Ciudad del Cabo hay colegios para elegir. Pero para entrar en un buen colegio se necesitan contactos, y ellos tienen pocos contactos.

Por mediación de Lance, el hermano de su madre, consiguen una entrevista en el instituto para chicos Rondebosch. Impoluto, con sus pantalones cortos, su camisa, su corbata y una chaqueta de franela azul marino con el emblema de la escuela primaria para chicos de Worcester en el bolsillo del pecho, se sienta junto a su madre en un banco a la puerta del despacho del director. Cuando les llega el turno les hacen pasar a una habitación forrada de madera y llena de fotografías de equipos de rugby y críquet. Las preguntas del director van todas dirigidas a su madre: dónde viven, a qué se dedica su padre. Luego llega el momento que él ha estado esperando. Su madre saca del bolso el informe que prueba que era el primero de su clase y que, por tanto, debería abrirle todas las puertas.

El director se pone las gafas de leer. «Así que fuiste el primero de tu clase —dice—. ¡Bien, bien! Pero no lo tendrás tan fácil aquí.»

Habría deseado que lo pusiera a prueba: que le preguntara la fecha de la batalla de Blood River, o, mejor aún, que le pidiera algún cálculo mental. Pero eso es todo, la entrevista ha terminado. «No puedo prometer nada —dice el director—. Su nombre se pondrá al final de la lista de espera, habrá que esperar a que se produzca alguna baja.»

Su nombre se queda al final de las listas de espera de tres colegios, sin éxito. Ser el primero en Worcester, evidentemente, no es lo bastante bueno para Ciudad del Cabo.

El último recurso es la escuela católica, Saint Joseph's. En Saint Joseph's no hay lista de espera: admiten a cualquiera que pague la matrícula, que en el caso de los alumnos no católicos sube a doce libras y cuarto.

Lo que les están dejando a las claras, a él y a su madre, es que en Ciudad del Cabo hay clases distintas de personas que van a escuelas distintas. Saint Joseph's provee, si no a la clase más baja, a la segunda más baja. El fracaso en el intento de conseguirle un colegio mejor deja a su madre apenada, pero a él no lo altera. No está seguro de a qué clase pertenecen, dónde encajan. Por el momento, está satisfecho porque, al menos, se las va arreglando. La amenaza de que lo envíen a un colegio afrikaner y de que lo sometan a una vida afrikaner se ha alejado; eso es lo que cuenta. Puede estar tranquilo. Ni siquiera tiene que continuar fingiendo que es católico.

Los ingleses de verdad no van a colegios como Saint Joseph's. Pero en las calles de Rondesbosch, yendo y viniendo de sus propios colegios, los ve todos los días, contempla sus cabellos lacios y rubios y sus pieles doradas, sus ropas, que nunca les quedan grandes ni pequeñas, su serena confianza. Se mofan unos de otros (palabra que conoce de los cuentos del colegio público que ha leído) de forma natural, sin la voracidad y la grosería a la que se había acostumbrado. No aspira a unirse a ellos, pero observa y trata de aprender.

Los chicos del Diocesan College, que son los más ingleses de todos los ingleses y ni siquiera condescienden a jugar al rugby o al críquet contra el Saint Joseph's, viven en zonas selectas de las que, al estar apartadas de la vía férrea, oye hablar pero nunca ha visto: Bishopscourt, Fernwood, Constantia. Tienen hermanas que van a colegios como Herschel y Saint Cyprian's, a las que vigilan y protegen complacientemente. En Worcester rara vez se ha fijado en alguna chica: sus amigos parecían tener siempre hermanos, no hermanas. Ahora vislumbra por primera vez a las hermanas de los ingleses, tan rubias platino, tan bonitas, que no puede creer que sean de este mundo.

Para llegar puntual al colegio a las ocho y media tiene que salir de casa sobre las siete y media: media hora andando hasta la estación, quince minutos en el tren, cinco minutos andando de la estación al colegio, y diez minutos de más por si hay retrasos. Sin embargo, como tiene miedo de llegar tarde, sale de casa a las siete en punto y llega al colegio sobre las ocho. Allí, en la clase recién abierta por el conserje, puede sentarse en su pupitre con la cabeza apoyada en los brazos y esperar.

Tiene pesadillas: se confunde de hora cuando consulta la esfera del reloj, pierde trenes, toma direcciones equivocadas. En sus pesadillas llora sumido en la más desamparada de las desesperaciones.

Los únicos chicos que llegan al colegio antes que él son los hermanos De Freitas, cuyo padre, que es verdulero, los baja al romper el alba de su ajado camión azul, con el que se dirige al mercado de productos de Salt River.

Los profesores de Saint Joseph's pertenecen a la orden de los maristas. Para él estos hermanos, con sus severas sotanas negras y sus alzacuellos blancos de almidón, son gente especial. Su aire de misterio le impresiona: el misterio de su origen, el misterio de los nombres de los que se han desprendido. No le gusta cuando el hermano Augustine, el entrenador de críquet, va al entrenamiento con camisa blanca, pantalones negros y botas de críquet como una persona normal. Le disgusta especialmente que el hermano Augustine, cuando le toca batear, se meta un protector, una «caja», bajo los pantalones.

No sabe lo que hacen los hermanos cuando no están dando clase. El ala del edificio del colegio donde duermen, comen y tienen sus vidas privadas está fuera de los límites; él no desea franquearlos. Le gustaría pensar que allí viven vidas austeras, que se levantan a las cuatro de la mañana, pasan horas rezando, comen frugalmente, se zurcen los calcetines. Cuando se portan mal, él hace lo que puede por disculparlos. Cuando el hermano Alexis, por ejemplo, que es gordo y va sin afeitar, comete la grosería de tirarse una ventosidad y se queda dormido en la clase de afrikaans, se dice a sí mismo que el hermano Alexis es un hombre inteligente que considera que lo que se enseña está por debajo de su nivel. Cuando el hermano Jean-Pierre es cesado repentinamente de sus obligaciones en el dormitorio de los niños pequeños, entre rumores de que ha estado haciéndoles «cosas», él simplemente aparta esas historias de su mente. Le parece inconcebible que los hermanos tengan deseos sexuales y sean incapaces de resistirlos.

Como pocos de los hermanos tienen el inglés como primer idioma, han contratado a un seglar católico para impartir las clases de inglés. El señor Whelan es irlandés; odia a los ingleses y apenas disimula su aversión por los protestantes. Tampoco se esfuerza en pronunciar los nombres afrikaner correctamente: aprieta los labios con repugnancia como si fueran incoherencias propias de paganos.

La mayor parte del tiempo de la clase de inglés está dedicada al *Julio César* de Shakespeare, según el método del señor Whelan de asignar a los alumnos personajes y de hacerles leer sus papeles en voz alta. También hacen ejercicios sacados del libro de texto de gramática, y, una vez a la semana, escriben un ensayo. Tienen treinta minutos para escribir el ensayo antes de entregarlo; en los últimos diez minutos el señor Whelan lee y puntúa todos los ensayos, ya que no es partidario de llevarse trabajo a casa. Sus sesiones de puntuación en diez minutos se han convertido en una de sus *pièces de résistance*, que los chicos observan con sonrisas de admiración. Balanceando su lápiz azul, el señor Whelan ojea los montones de ensayos. Cuando al final de su hazaña junta todos los montones y se los pasa al delegado de la clase para que los distribuya, se oye un murmullo irónico, reprimido, de aclamación.

El nombre del señor Whelan es Terence. Siempre lleva una chaqueta de motorista de piel marrón y un sombrero. Cuando hace frío se deja el sombrero puesto, incluso dentro de clase. Se frota las manos pálidas para calentárselas; tiene la cara exangüe de un cadáver. No está claro qué está haciendo en Sudáfrica, por qué no está en Irlanda. Parece rechazar el país y todo lo que en él ocurre.

Para el señor Whelan él escribe ensayos sobre «El personaje de Marco Antonio», «El personaje de Bruto», sobre «La seguridad vial», sobre «El deporte», sobre «La naturaleza». La mayoría de estos ensayos son estúpidos, composiciones mecánicas; pero de vez en cuando siente un brote de emoción mientras escribe, y el bolígrafo empieza a deslizarse sobre la hoja. En uno de sus ensayos un salteador de caminos espera emboscado a la vera de un camino. Su caballo relincha suavemente, su respiración se transforma en vapor en el aire frío de la noche. Un rayo de luz de luna cae como un cuchillo cruzándole la cara; él sostiene la pistola bajo la falda de su abrigo para mantener la pólvora seca.

El bandido no impresiona al señor Whelan. Los ojos apagados del señor Whelan revolotean por la página, su lápiz baja: seis con cinco. Seis con cinco es la nota que consigue casi todas las veces por sus ensayos; nunca más de siete. Los chicos con nombres ingleses consiguen siete con cinco u ocho. A pesar de su nombre raro, un chico que se llama Theo Stavropoulos consigue ochos, porque viste bien y recibe clases de declamación. A Theo también le asignan siempre el papel de Marco Antonio, lo que significa que llega a declamar «Amigos, romanos, compatriotas, prestadme oídos», el famoso discurso de la obra.

En Worcester iba al colegio temeroso pero también emocionado. La verdad es que en cualquier momento podía quedar al descubierto que era un mentiroso, y eso acarrearía terribles consecuencias. Aun así, el colegio era fascinante: cada día parecía traer consigo nuevas revelaciones de la crueldad y el dolor y la rabia del odio latente bajo la superficie cotidiana de las cosas. Lo que pasaba estaba mal, él lo sabía, no debería permitirse que ocurriera; y él era demasiado joven, demasiado infantil y vulnerable para lo que se le estaba haciendo descubrir. Sin embargo, la pasión y la furia de aquellos días se adueñaron de él; estaba horrorizado pero también ansioso de ver más, de ver todo lo que quedaba por ver.

En Ciudad del Cabo, sin embargo, pronto siente que está perdiendo el tiempo. El colegio ya no es el sitio donde salen a la luz las grandes pasiones. Es un pequeño mundo angosto, una cárcel más o menos benigna en la que bien podría estar trenzando cestos en lugar de aguantar la rutina de la clase. Ciudad del Cabo no lo está haciendo más listo, lo está haciendo más estúpido. Darse cuenta de esto le causa un pánico profundo. Quienquiera que sea él de verdad, quienquiera que sea el verdadero «Yo» que debería estar emergiendo de las cenizas de su infancia, no lo dejan nacer, lo mantienen raquítico y enfermizo.

Es en las clases del señor Whelan donde siente esto más desesperadamente. Podría escribir mucho más de lo que jamás le permitiría el señor Whelan. Para el señor Whelan escribir no es como extender las alas; por el contrario, es como confundirte con una pelota muy pequeña, haciéndote tan inofensivo como puedas.

No tiene el menor deseo de escribir sobre deporte (*mens sana in corpore sano*) o sobre seguridad vial, temas tan tediosos que a la hora de redactar el ensayo no le salen las palabras. Ni siquiera desea escribir sobre salteadores de caminos: tiene la sensación de que las tajadas de luz de luna que caen cruzando sus caras y las manos de nudillos blancos que empuñan las culatas de las pistolas, independientemente de la impresión momentánea que puedan dar, no le pertenecen, vienen de algún otro sitio y ya están ajadas. Lo que escribiría si pudiera, si no fuera el señor Whelan quien va a leerlo, sería más oscuro, algo que, una vez que comenzara a fluir de su pluma, se extendería por las páginas sin control, como tinta derramada. Como tinta derramada, como sombras corriendo por la superficie de un remanso, como un relámpago resquebrajando el cielo.

El señor Whelan también tiene asignada la tarea de mantener ocupados a los chicos no católicos de sexto curso mientras los chicos católicos están en catequesis. Él debería estar leyéndoles el evangelio según san Lucas. En lugar de eso oyen una vez tras otra cosas sobre Parnell y Roger Casement y sobre la perfidia de los ingleses. Pero algunos días el señor Whelan llega a clase con el *Cape Times* en la mano, hirviendo de rabia por los últimos atropellos de los rusos a sus países satélite. «Han creado en sus escuelas clases de ateísmo donde se les obliga a los niños a escupir en el crucifijo —truena—. A quienes permanecen fieles a su credo los envían a los campos de concentración. Esa es la realidad del comunismo, que tiene la desfachatez de llamarse la religión del hombre.»

Del hermano Otto oyen hablar de la persecución de los cristianos en China. El hermano Otto no es como el señor Whelan: es tranquilo, se ruboriza fácilmente, hay que engatusarle para que cuente historias. Pero sus historias tienen más crédito porque realmente él ha estado en China. «Sí, lo he visto con mis propios ojos —dice en su inglés titubeante—: gente en celdas muy pequeñas, encerrada, tantas que ya no podían respirar, y morían. Lo he visto.»

Ching-Chong-Chino, llaman los chicos al hermano Otto a sus espaldas. Para ellos, lo que el hermano Otto cuenta de China o el señor Whelan de Rusia no es más real que Jan Van Riebeeck o el Gran Trek. De hecho, como Jan Van Riebeeck y el Gran Trek entran en el programa de sexto curso mientras que el comunismo no, pueden saltarse lo que pasa en China y en Rusia. China y Rusia solo son excusas para hacer hablar al hermano Otto y al señor Whelan.

En cuanto a él, está confundido. Sabe que las historias que cuentan sus profesores deben de ser mentiras, pero no tiene forma de probarlo. Le disgusta tener que aguantar sus charlas como un cautivo, demasiado prudente para protestar o incluso dudar. Ha leído el *Cape Times*, sabe lo que les pasa a los simpatizantes de los comunistas. No quiere que lo denuncien y lo condenen al ostracismo.

Aunque el señor Whelan no se muestre nada entusiasta enseñando las Sagradas Escrituras a los alumnos no católicos, no puede hacer oídos sordos a lo que se dice en los evangelios. «Al que te hiera en una mejilla, preséntale también la otra», lee en Lucas. «¿Qué quiere decir Jesús? ¿Quiere decir que deberíamos renunciar a defendernos? ¿Quiere decir que deberíamos ser unos cobardes? Por supuesto que no; pero si un matón llega buscando pelea, Jesús dice: no te dejes provocar. Hay mejores maneras de limar diferencias que mediante puñetazos.

»A todo el que te pida, da, y al que tome lo tuyo, no se lo reclames: ¿qué quiere decir Jesús? ¿Quiere decir que el único modo de conseguir la salvación es deshacerse de todo lo que se posee? No. Si Jesús hubiera querido que vagáramos por las calles cubiertos de harapos, habría dicho eso. Jesús habla en parábolas. Nos dice que aquellos de nosotros que crean de verdad, serán recompensados con el cielo, mientras que aquellos que no han creído sufrirán el castigo eterno en el infierno.»

Él se pregunta si el señor Whelan consulta a los hermanos —especialmente al hermano Otto, que es el tesorero y cobra las tasas escolares— antes de predicar estas doctrinas a los no católicos. Está claro que el señor Whelan, el profesor seglar, cree que los no católicos son unos paganos, que están malditos. Los hermanos, por el contrario, son bastante tolerantes.

Su resistencia a las lecciones de las Sagradas Escrituras del señor Whelan va en aumento. Está seguro de que el señor Whelan no tiene ni idea de lo que las parábolas de Jesús significan realmente. Aunque él es ateo y siempre lo ha sido, siente que comprende a Jesús mejor que el señor Whelan.

No le gusta Jesús –Jesús se deja llevar por la cólera con mucha facilidad–, pero está dispuesto a aguantarlo. Al menos Jesús no fingió ser Dios, y murió antes de que pudiera llegar a ser padre. Esa es la fuerza de Cristo; así mantiene Jesús su poder.

Pero hay una parte del evangelio de san Lucas que no le gusta escuchar leer. Cuando llegan a ella se pone tenso, cierra los oídos. Las mujeres llegan al sepulcro para ungir el cuerpo de Jesús. Jesús no está allí. En su lugar, encuentran a dos ángeles. «¿Por qué buscáis entre los muertos al que está vivo? –preguntan los ángeles–: No está aquí, ha resucitado.» Él sabe que si destapara los oídos y dejara pasar las palabras por ellos, tendría que levantarse del asiento y gritar de alegría. Tendría que volverse loco para siempre.

No cree que el señor Whelan le desee mal alguno. Sin embargo, la nota más alta que ha conseguido nunca en los exámenes de inglés es setenta sobre cien. Con setenta no puede ser el primero de la clase: los chicos más favorecidos le ganan sin dificultad. Tampoco se le dan bien la historia y la geografía, que le aburren más que nunca. Solo las notas altas que logra en matemáticas y en latín le acercan sutilmente a la cabeza de la lista, por delante de Oliver Matter, el chico suizo que era el más listo de la clase hasta que llegó él.

Ahora que ha encontrado en Oliver un oponente preocupante, su antigua promesa de llevar siempre a casa unas notas que demuestren que es el primero de la clase se convierte en una feroz cuestión de honor personal. Aunque no le cuenta nada de eso a su madre, se está preparando para el día inaceptable, el día que tenga que decirle que es el segundo.

Oliver Matter es un chico de semblante distraído, amable y risueño al que no parece importarle tanto como a él ser el primero o el segundo. Él y Oliver compiten todos los días en el concurso de respuestas rápidas que organiza el hermano Gabriel, que pone a los chicos en una fila que recorre arriba y abajo haciendo preguntas que hay que responder en cinco segundos, y enviando al que falle una respuesta al extremo de la fila. Al final de la partida siempre son él u Oliver quienes están a la cabeza.

Luego Oliver deja de ir al colegio. Al cabo de un mes, sin que medie una explicación, el hermano Gabriel hace un anuncio. Oliver está en el hospital, tiene leucemia, todos deben rezar por él. Con la cabeza inclinada, los chicos rezan. Como él no cree en Dios, no reza, solo mueve los labios. Piensa: todo el mundo piensa que yo quiero que Oliver se muera para poder seguir siendo el primero.

Oliver nunca regresa. Muere en el hospital. Los chicos católicos asisten a una concentración especial para rogar por el reposo de su alma.

La amenaza se aleja. El chico respira más fácilmente; pero el antiguo placer de ser el primero se ha apagado.

17

La vida en Ciudad del Cabo es menos variada de lo que solía serlo en Worcester. Durante los fines de semana, en especial, no hay nada que hacer salvo leer el *Reader's Digest* o escuchar la radio o golpear una bola de críquet por ahí. Ya no monta en bicicleta: no hay a donde ir en Plumstead, solo hay kilómetros de casas en todas las direcciones, y de todas formas se le ha quedado pequeña la Smiths, que está empezando a parecer una bicicleta de niño.

Montar en bicicleta por las calles, de hecho, va resultando tonto. Otras cosas que antes lo absorbían también han perdido su encanto: construir maquetas de Meccano, coleccionar sellos. Ya no entiende por qué malgastó su tiempo con ellos. Pasa horas en el cuarto de baño, analizándose ante el espejo, sin gustarle lo que ve. Deja de sonreír, frunce el entrecejo.

La única pasión que no ha menguado es su pasión por el críquet. Sabe que nadie está tan loco por el críquet como él. Juega al críquet en el colegio, pero eso nunca es suficiente. La casa de Plumstead tiene un porche frontal con el pavimento de pizarra. Ahí juega solo, sosteniendo el bate con la mano izquierda, lanzando la pelota contra el muro con la derecha, golpeándola en el rebote, imaginándose que está en un campo. Hora tras hora lanza la bola contra la pared. Los vecinos se quejan a su madre del ruido, pero él no hace caso.

Ha estudiado libros de entrenamiento, se sabe los distintos golpes de memoria, es capaz de ejecutarlos con la posición correcta de las piernas. Pero la verdad es que prefiere el juego solitario en el porche al críquet de verdad. La idea de batear en un campo de verdad lo emociona pero también lo intimida. Teme especialmente a los lanzadores rápidos: teme que lo golpeen, teme el dolor. Cuando juega al críquet de verdad tiene que concentrarse en no retroceder, en no traicionarse.

Apenas puntúa runs. Si no lo eliminan a la primera, algunas veces puede batear durante media hora sin puntuar, sacando de quicio a todo el mundo, incluidos sus compañeros de equipo. Parece entrar en un estado hipnótico de pasividad en el que le basta, le sobra, con solo esquivar la pelota. Recordando estos fracasos, se consuela a sí mismo con anécdotas de entrenamientos en los que una figura solitaria, habitualmente un hombre de Yorkshire, tenaz, estoico, con los labios apretados, batea durante varios turnos, sin desfallecer, mientras se van desplomando las estacas a su alrededor.

Al abrir el turno de batear contra el Pinelands infantil, los menores de trece años, un viernes por la tarde, se encuentra frente a un chico alto, enteradillo, que, incitado por sus compañeros, lanza tan rápido y con tanta rabia como puede. La pelota sobrevuela todo el lugar, superándolo, superando incluso al receptor: apenas le concede oportunidad de usar el bate.

En el tercer turno una pelota rebota en la tierra batida que hay alrededor de la esterilla, se eleva y lo golpea en la sien. «¡Esto sí que es demasiado! —piensa para sí, enfadado—. ¡Se ha pasado!» Se da cuenta de que los jugadores del campo lo están mirando extrañados. Todavía puede oír el impacto de la pelota contra el hueso: un chasquido sordo, sin eco. Luego se le pone la mente en blanco y cae.

Está tumbado a un lado del campo. Tiene la cara y el pelo húmedos. Busca con la mirada el bate, pero no lo ve.

—Quédate tumbado y descansa un rato —dice el hermano Augustine. Su voz es bastante alegre—. Te han dejado fuera de combate.

—Quiero batear —murmura, y se incorpora. Es lo que hay que decir, lo sabe: prueba que no es un cobarde. Pero no puede batear: ha perdido su turno, ya hay alguien bateando en su lugar.

Esperaba que le dieran más importancia. Esperaba un clamor contra el peligroso lanzador. Pero el juego continúa, y su equipo lo está haciendo bastante bien. «¿Estás bien? ¿Te duele?», le pregunta un compañero, y luego apenas escucha su respuesta. Se sienta en la banda mirando el resto de los turnos. Más tarde toma posición como jugador de campo. Le gustaría que le doliera la cabeza; le gustaría perder la visión, o desmayarse, o hacer cualquier cosa dramática. Pero se encuentra bien. Se toca la sien. Tiene un pequeño bulto blando. Espera que se hinche y se ponga morado antes de mañana, para probar que de verdad le dieron un golpe.

Como todos en el colegio, también tiene que jugar al rugby. Incluso un chico llamado Shepherd que tiene el brazo izquierdo debilitado por la polio tiene que jugar. Les asignan las posiciones dentro del equipo con bastante arbitrariedad. Le asignan como jugador de tres-cuartos en el equipo infantil B. Juegan los sábados por la mañana. Siempre está lloviendo los sábados: con frío, mojado y triste, se arrastra por el césped empapado de línea a línea, mientras lo empujan los chicos más grandes. Como juega de tres-cuartos, nadie le pasa el balón, algo que agradece, porque tiene miedo de que le hagan un placaje. De todos modos, el balón, que tiene una capa de grasa de caballo para proteger el cuero, es demasiado resbaladizo como para poder sujetarlo.

Se haría el enfermo los sábados si no fuera porque el equipo se quedaría entonces con catorce hombres. No aparecer en un partido de rugby es mucho peor que faltar al colegio.

El equipo infantil B pierde todos los partidos. El equipo infantil A es muy flojo también. De hecho, la mayoría de los equipos de Saint Joseph's pierden siempre. No entiende en absoluto por qué el colegio juega al rugby. Desde luego los hermanos, que son austríacos o irlandeses, no están detrás de esto. Las pocas ocasiones que han ido a verlo, parecen confundidos, y no entienden de qué va.

En el cajón de la mesita de noche su madre guarda un libro de tapas negras titulado *El matrimonio ideal*. Trata de sexo; sabe de su existencia desde hace años. Un día lo saca del cajón sin que nadie se dé cuenta y se lo lleva al colegio. Causa conmoción entre sus amigos; parece ser el único cuyos padres tienen un libro así.

Aunque leerlo es una decepción –los dibujos de los órganos se parecen a los esquemas de los libros de ciencias, y ni siquiera en el apartado de posturas hay algo excitante (introducir el órgano masculino en la vagina suena como un enema)–, los otros chicos lo estudian con avidez, le suplican que se lo preste.

Durante la clase de química deja el libro en el pupitre. Cuando regresan al aula, el hermano Gabriel, que por lo general es bastante alegre, tiene una mirada helada, reprobadora. Está convencido de que el hermano Gabriel ha levantado la tapa del pupitre y ha visto el libro; le palpita el corazón mientras espera a que llegue el anuncio y la posterior vergüenza. El anuncio no llega, pero en cada comentario del hermano Gabriel descubre una alusión velada a la perversidad que él, un no católico, ha introducido en la clase. Todo se ha fastidiado entre el hermano Gabriel y él. Se lamenta amargamente de haber traído el libro; se lo lleva a casa, lo devuelve al cajón y nunca más lo mira.

Él y sus amigos siguen reuniéndose en el campo de deportes en los recreos para hablar de sexo un rato. A estas conversaciones él aporta trozos y fragmentos que ha sacado del libro. Pero está claro que no son lo bastante interesantes: pronto los chicos mayores empiezan a darles de lado para conversar entre sí con repentinos cambios de tono, susurros, carcajadas. El centro de estas conversaciones es Billy Owen, que tiene catorce años y una hermana de dieciséis y conoce a chicas y tiene una chaqueta de cuero que lleva a los bailes y seguramente incluso ha tenido experiencias sexuales.

Él se hace amigo de Theo Stavropoulos. Dicen que Theo es un *moffie*, un mariposón, un marica, pero él no está dispuesto a creerlo. Le gusta el estilo de Theo, le gustan su cutis fino, sus cortes de pelo impecables y llamativos, y la manera zalamera con que luce su ropa. Incluso la chaqueta del colegio, con sus inútiles rayas verticales, a él le sienta bien.

El padre de Theo es propietario de una fábrica. Nadie sabe muy bien lo que produce exactamente esa fábrica, pero está relacionado con el pescado. La familia vive en una gran casa en la parte más rica de Rondebosch. Tienen tanto dinero que, si no fuera porque son griegos, seguro que los chicos habrían ido al Diocesan College. Como son griegos y tienen nombres extranjeros, se ven obligados a ir a Saint Joseph's, que, ahora se da cuenta, es una especie de canasta donde se recoge a los chicos que no encajan en ningún otro sitio.

Solo logra vislumbrar al padre de Theo una vez: un hombre alto y elegantemente vestido, con gafas oscuras. A su madre la ve más a menudo. Es bajita, delgada y morena; fuma cigarrillos y conduce un Buick azul que tiene fama de ser el único coche de Ciudad del Cabo —y quizá de Sudáfrica— con cambio de marcha automático. Hay también una hermana mayor tan bonita, tan exquisitamente educada, con tantos pretendientes, que no le permiten exponerse a la mirada de los amigos de Theo.

A los chicos Stavropoulos los llevan al colegio por la mañana en el Buick azul, conducido a veces por su madre pero más a menudo por un chófer de uniforme negro y gorra con visera. El Buick entra majestuosamente en el patio, Theo y su hermano bajan, el Buick se va majestuosamente. No puede entender cómo Theo permite eso. Si él estuviera en su lugar pediría que lo bajaran a una manzana de distancia. Pero Theo se toma las bromas y los chistes con ecuanimidad.

Un día después del colegio Theo lo invita a su casa. Cuando llegan allí se da cuenta de que se espera que coman. Así que a las tres de la tarde se sientan a la mesa del comedor con cubiertos de plata y servilletas limpias, y un mayordomo de uniforme blanco, que se queda en pie detrás de Theo esperando instrucciones, les sirve filete con patatas.

Hace lo que puede por disimular su asombro. Sabe que hay gente a la que sirven criados; no se había dado cuenta de que los niños también podían tener criados.

Después, los padres de Theo y su hermana se van al extranjero –la hermana, según se rumorea, para ser desposada por un baronet inglés–, y Theo y su hermano se convierten en internos. Cree que a Theo le abrumará la experiencia: la envidia y la malicia de los otros internos, la comida pobre, las indignidades de una vida sin intimidad. También cree que Theo se verá obligado a resignarse a llevar el mismo corte de pelo que todos los demás. Sin embargo, de algún modo Theo se las arregla para mantener su elegante peinado; de algún modo, a pesar de su nombre, a pesar de ser torpe para los deportes, a pesar de los comentarios que lo tachan de *moffie*, conserva su sonrisa afable, nunca se queja, nunca se permite a sí mismo que lo humillen.

Theo se ha sentado muy pegado a él, en su mismo pupitre, bajo el cuadro de Jesús abriendo su pecho para mostrar un corazón color rubí incandescente. Deberían estar revisando la lección de historia; en realidad, tienen un pequeño libro de gramática con el que Theo le está enseñando griego antiguo. Griego antiguo con pronunciación de griego moderno: le encanta esta excentricidad. *Aftós*, susurra Theo; *evdhemonía*. *Evdhemonía*, le responde él en un susurro.

El hermano Gabriel aguza los oídos.

—¿Qué está haciendo, Stavropoulos? —le pregunta.

—Le estoy enseñando griego, hermano —dice Theo con su tono suave, lleno de confianza.

—Vaya y siéntese en su pupitre.

Theo sonríe y camina hasta su pupitre.

A los hermanos no les gusta Theo. Su arrogancia les enoja; comparten los prejuicios del resto de los alumnos contra su dinero. Toda esta injusticia lo llena de cólera. Le gustaría luchar de verdad por Theo.

18

Con la intención de sacarlos de apuros hasta que la práctica legal empiece a darles dinero, su madre vuelve a la enseñanza. Para hacer las tareas domésticas contrata a una criada, una mujer flaca sin apenas dientes llamada Celia. Algunas veces Celia trae consigo a su hermana menor para que le haga compañía. Al llegar a casa una tarde, se las encuentra sentadas en la cocina bebiendo té. La hermana menor, que es más atractiva que Celia, le regala una sonrisa. Hay algo en su sonrisa que lo perturba; no sabe a donde mirar y se retira a su habitación. Las oye reírse y sabe que se están riendo de él.

Algo está cambiando. Parece estar avergonzado todo el tiempo. No sabe dónde poner la vista, qué hacer con las manos, cómo sostener el cuerpo, qué semblante poner. Todo el mundo lo mira, juzgándolo, encontrándole defectos. Se siente como un cangrejo despojado de su caparazón, rosado, herido y obsceno.

Hace mucho tiempo estaba lleno de ideas, ideas de lugares adonde ir, de cosas de las que hablar, de cosas que hacer. Estaba siempre un paso por delante de los demás: era el líder, los otros lo seguían. Ahora, la energía que siempre sintió fluir de él ha desaparecido. A la edad de trece años se está volviendo hosco, ceñudo, taciturno. No le gusta su nuevo y feo yo, quiere que lo saquen de él, pero eso es algo que no puede hacer solo. Sin embargo, ¿hay alguien ahí que pueda hacerlo por él?

Visitan el nuevo bufete de su padre para ver cómo es. El bufete está en Goodwood, que forma parte del nervio de suburbios afrikaners Goodwood-Parow-Bellville. Las ventanas están pintadas de verde oscuro; sobre el verde, en letras doradas, están las palabras Z. COETZEE. ABOGADO PROCURADOR. El interior es lóbrego, con un pesado mobiliario tapizado de crin y cuero rojo. Los libros de derecho que han viajado con ellos por Sudáfrica desde que su padre ejerció la abogacía por última vez en 1937, han salido de sus cajas y ocupan ahora las estanterías. Ociosamente busca «Violación». Los nativos introducen a veces el órgano masculino entre los muslos de la mujer sin penetración, dice una nota a pie de página. La práctica compete al derecho consuetudinario. No constituye una violación.

¿Son estas cosas de las que se encargan en los tribunales de justicia: discutir dónde se meten los penes?, se pregunta.

Parece que el bufete de su padre prospera. No solo contrata a un mecanógrafo sino también a un pasante llamado Eksteen. A Eksteen le deja las tareas rutinarias con las escrituras de traspaso y los testamentos; sus esfuerzos los dedica al emocionante trabajo de actuar en los tribunales como abogado defensor «para librar a la gente». Todos los días vuelve a casa con nuevas historias de gente a la que ha defendido y de lo agradecida que le está.

Su madre está menos interesada en la gente a la que defiende que en la lista creciente de facturas por pagar. Un nombre en particular no para de salir: Le Roux, el vendedor de coches. Acosa a su padre: él es abogado, seguramente puede hacer pagar a Le Roux. Seguro que Le Roux liquidará su deuda a final de mes, lo ha prometido, contesta su padre. Pero a final de mes, una vez más, Le Roux no paga.

Le Roux no paga, pero tampoco se escabulle. Por el contrario, invita a su padre a ir de copas, le promete más trabajo, le pinta un futuro prometedor auspiciado por el dinero que harán recuperando coches.

Las discusiones en casa se agrían, pero al mismo tiempo se van haciendo más reservadas. Él le pregunta a su madre qué está pasando. Con amargura ella le dice que Jack le ha estado prestando dinero a Le Roux.

Él no necesita oír más. Conoce a su padre, sabe lo que está pasando. Su padre ansía aprobación, hará cualquier cosa por agradar. En los círculos en los que se mueve su padre, solo hay dos modos de agradar: invitar a la gente a copas y prestarles dinero.

Los niños no deben entrar en los bares. Pero en el bar del hotel de Fraserburg Road él y su hermano están sentados a una mesa del rincón, bebiendo zumo de naranja, mientras observan cómo su padre paga rondas de brandy y agua a extraños, dándoles a conocer este otro lado suyo. Él conoce el estado de bondad expansiva que el brandy genera en su padre, el cacareo, las grandes muestras de derroche.

Con ansiedad y melancolía, escucha los monólogos de quejas de su madre. Aunque a él ya no lo engañan los ardides de su padre, no confía en que ella pueda oponerles resistencia: ha visto con demasiada frecuencia en el pasado cómo su padre la engatusa a su manera. «No lo escuches —la advierte—. No hace más que mentirte.»

El problema con Le Roux se agrava. Hay largas conversaciones telefónicas. Empieza a salir un nuevo nombre: Bensusan. Bensusan es formal, dice su madre. Bensusan es judío, no bebe. Bensusan va a rescatar a Jack, va a encauzarlo de nuevo por el buen camino.

Pero resulta que Le Roux no es el único. Hay otros hombres, otros compañeros de copas, a los que su padre ha estado prestándoles dinero. Él no puede creérselo, no puede entenderlo. ¿De dónde sale todo ese dinero, cuando su padre no tiene más que un traje y un par de zapatos, y tiene que coger el tren para ir a trabajar? ¿Realmente se consigue tanto dinero librando a la gente?

Él nunca ha visto a Le Roux, pero puede figurarse cómo es con bastante facilidad. Imagina que Le Roux es un afrikaner rubicundo de bigote rubio; lleva traje azul y corbata blanca; está algo gordo y suda mucho y cuenta chistes verdes levantando la voz.

Le Roux se sienta con su padre en un bar de Goodwood. Cuando su padre no lo está mirando, Le Roux, a sus espaldas, les hace un guiño a los demás hombres del bar. Le Roux ha tomado a su padre por un bufón. Le consume la vergüenza de que su padre sea tan estúpido.

El dinero resulta no ser en realidad de su padre. Ese es el motivo de que Bensusan se haya involucrado. Bensusan está trabajando para la Sociedad de Derecho. El asunto es serio. El dinero es de la cuenta de crédito de su padre.

–¿Qué es un crédito? –le pregunta a su madre.

–Es dinero que tiene fiado.

–¿Por qué fía la gente su dinero? –dice él–. Deben estar locos.

Su madre menea la cabeza.

–Los abogados tienen cuentas de crédito, Dios sabrá por qué –le dice–. Con el dinero, Jack es como un niño –continúa.

Bensusan y la Sociedad de Derecho han entrado en escena porque es gente que quiere salvar a su padre, gente de los viejos tiempos, cuando su padre era interventor de alquileres, antes de que los nacionalistas se hicieran con el poder. Tienen buena disposición con su padre, no quieren que vaya a la cárcel. Por los viejos tiempos, y porque tiene esposa y niños, mirarán hacia otro lado ante ciertas cosas, llevarán a cabo ciertos convenios. Puede ir reembolsando lo que debe durante cinco años; después se pasará página, el asunto estará olvidado.

Su madre busca asesoría legal. Le gustaría separar sus bienes de los de su marido antes de que les golpee algún nuevo desastre: la mesa del salón, por ejemplo; la cómoda con el espejo; la mesa de madera para el café que le regaló la tía Annie. Le gustaría que el contrato matrimonial, que hace a los dos responsables de las deudas del otro, fuera rectificado.

Pero resulta que los contratos matrimoniales son inamovibles. Si su padre se hunde, su madre se hunde también, ella y sus niños.

A Eksteen y al mecanógrafo se los despacha; el bufete de Goodwood ha cerrado. Nunca llega a descubrir qué ocurre con la ventana verde de las letras doradas. Su madre continúa enseñando. Su padre empieza a buscar trabajo. Todas las mañanas sale puntual a las siete para la ciudad. Pero una hora o dos más tarde —ese es su secreto—, cuando todos los demás han dejado la casa, está de vuelta. Se pone otra vez el pijama y se mete en la cama con el crucigrama del *Cape Times*, media botella de brandy y una jarra de agua. A las dos de la tarde, antes de que los demás regresen, se viste y se va al club.

El club se llama Wynberg Club, pero en realidad es solo parte del Wynberg Hotel. Allí su padre come y se pasa la tarde bebiendo. En algún momento pasada la medianoche —el ruido lo despierta, no duerme muy profundamente—, un coche se para ante la casa, la puerta de la entrada se abre, su padre pasa y va directo al lavabo. Luego, de la habitación de sus padres vienen ráfagas de acalorados murmullos. Por la mañana hay manchas de color amarillo oscuro en el suelo del lavabo y en la tapa del váter, y un olor dulzón nauseabundo.

Escribe una nota y la pone en el retrete: POR FAVOR, LEVANTA LA TAPA. No hacen caso. Orinar sobre la tapa del retrete se convierte en el último acto desafiante de su padre contra una mujer y unos niños que ya no le dirigen la palabra.

Descubre el secreto de su padre un día que no va al colegio porque está enfermo o finge estarlo. Desde su cama escucha el roce de la llave en el cerrojo de la puerta de entrada, escucha a su padre sentarse en la habitación de al lado. Más tarde, culpables, enfadados, se cruzan por el pasillo.

Antes de dejar la casa por las tardes, su padre vacía el buzón y separa ciertas cartas, que esconde en el fondo de su armario, debajo del forro de papel. Cuando todo se desborda, es el alijo de cartas del armario —cuentas de los tiempos de Goodwood, cartas de demanda, cartas de abogados— lo que más amarga a su madre. «Si lo hubiera sabido, al menos podría haber trazado un plan —dice—. Ahora todo está perdido.»

Hay deudas por todas partes. Los demandantes vienen a todas horas del día y de la noche, demandantes que él no consigue ver. Cada vez que llaman a la puerta, su padre lo encierra en su habitación. Su madre recibe a los visitantes en voz baja, los acomoda en el salón, cierra la puerta. Después la oye despotricar para sí en la cocina.

Se habla de Alcohólicos Anónimos, de que su padre debería ir a Alcohólicos Anónimos para probar su sinceridad. Su padre lo promete pero no va.

Una soleada mañana de sábado llegan dos empleados de los tribunales para hacer un inventario de lo que contiene la casa. Él se retira a su habitación e intenta leer, pero no funciona: los hombres necesitan acceder a su habitación, a todas las habitaciones. Se va al patio trasero. Incluso allí lo siguen, mirando a su alrededor, tomando notas en una libreta.

Hierve de rabia constantemente. «Ese hombre», llama a su padre cuando habla con su madre, demasiado lleno de odio como para darle un nombre: ¿Por qué hemos de tener algo que ver con ese hombre? ¿Por qué no dejas que ese hombre vaya a la cárcel?

Tiene veinticinco libras en su libreta de ahorros. Su madre le jura que nadie va a coger sus veinticinco libras.

Los visita un tal señor Golding. Aunque el señor Golding es de color, de algún modo está en una posición de poder con respecto a su padre. Se hacen cuidadosos preparativos para la visita. Se recibirá al señor Golding en el cuarto que da a la calle, como a otros demandantes. Se le servirá té en el mismo juego de té. A cambio de tal hospitalidad, se espera que el señor Golding no los lleve a juicio.

El señor Golding llega. Lleva un traje cruzado, no sonríe. Se bebe el té que sirve su madre pero no promete nada. Quiere su dinero.

Después de que se haya ido hay una discusión sobre qué hacer con la taza de té. La costumbre, según parece, es que cuando una persona de color ha bebido en una taza, hay que romperla. Él se sorprende de que la familia de su madre, que no cree en nada, crea en esto. Sin embargo, al final su madre solo lava la taza con lejía.

En el último minuto la tía Girlie de Williston acude al rescate, por el honor de la familia. Establece ciertas condiciones, una de ellas que Jack no ejerza nunca más como abogado.

Su padre está de acuerdo con las condiciones, accede a firmar el documento. Pero cuando llega la hora, cuesta muchos halagos sacarlo de la cama. Al final comparece, con unos pantalones grises holgados, la parte de arriba del pijama y descalzo. Firma sin decir una palabra; luego se vuelve a la cama otra vez.

Más tarde se viste y sale. No saben dónde pasa la noche; no regresa hasta el día siguiente.

—¿Qué sentido tiene hacerle firmar? —se queja a su madre—. Nunca paga sus otras deudas, ¿por qué iba a pagarle a Girlie?

—No te preocupes, yo pagaré por él —le contesta.

—¿Cómo?

—Trabajaré para hacerlo.

Hay algo en su comportamiento ante lo que el chico no puede seguir tapándose los ojos, algo extraordinario. Con cada nueva revelación parece hacerse más fuerte y más testaruda. Es como si ella se estuviera cargando de calamidades sin otro propósito que mostrarle al mundo cuánto es capaz de soportar. «Pagaré todas sus deudas —dice—. Pagaré a plazos. Trabajaré.»

Su absurda determinación lo encoleriza hasta tal punto que le entran ganas de golpearla. Está claro lo que se esconde detrás. Quiere sacrificarse por sus hijos. Sacrificio sin fin: está demasiado familiarizado con ese espíritu. Pero una vez que ella se haya sacrificado por entero, una vez que haya vendido toda su ropa, que haya vendido cada uno de sus zapatos, y esté paseándose con los pies ensangrentados, ¿en qué lugar quedará él? Es un pensamiento que no puede soportar.

Llegan las vacaciones de diciembre y su padre todavía no tiene trabajo. Ahora están los cuatro en casa, como ratas en una jaula, evitándose los unos a los otros, escondiéndose en habitaciones separadas. Su hermano lee cómics absorto: el *Eagle*, el *Beano*. El que le gusta a él, su favorito, el *Rover*, con sus historietas de Alf Tupper, el campeón de la milla que trabaja en una fábrica de Manchester y vive a base de varitas de pescado y patatas fritas. Trata de olvidarse de sí mismo, pero no puede evitar aguzar los oídos a cada susurro y crujido que suena en la casa.

Una mañana hay un silencio extraño. Su madre está fuera, pero algo en el aire, un olor, un ambiente, una pesadez, le dice que «ese hombre» está todavía aquí. Seguramente ya está despierto. ¿Será posible que, maravilla de las maravillas, se haya suicidado?

Pero si se ha suicidado, ¿no sería mejor hacer como si no se diera cuenta, de modo que las pastillas contra el insomnio o lo que se haya tomado tengan tiempo de actuar? ¿Y cómo puede impedir que su hermano dé la alarma?

En la guerra que le ha declarado a su padre, nunca ha estado muy seguro del apoyo de su hermano. Desde que tiene memoria, la gente siempre dice que él ha salido a su madre, mientras que su hermano guarda parecido con su padre. Sospecha que es posible que su hermano se muestre débil con su padre; sospecha que su hermano, con su cara pálida y preocupada y su tic en el párpado, es débil en general.

Sin duda, lo mejor sería evitar la habitación de «ese hombre», de forma que si hay preguntas después, pueda decir

«Estaba hablando con mi hermano» o «Estaba leyendo en mi habitación». Pero no puede resistir la curiosidad. Va de puntillas hasta la puerta, la empuja, echa un vistazo.

Es una mañana calurosa de verano. Sopla poco viento, tan poco que puede oír el gorjeo de los gorriones fuera, el zumbido de las alas. Las contraventanas están cerradas, las cortinas echadas. Huele a sudor de hombre. En la oscuridad puede distinguir a su padre tumbado en la cama. De las paredes de la garganta le sale un débil sonido de gárgaras cuando respira.

Se acerca. Sus ojos se van acomodando a la luz. Su padre tiene puestos los pantalones del pijama y una camiseta de algodón. No se ha afeitado. Tiene una V roja en el cuello, donde el tostado del sol linda con la palidez del pecho. Junto a la cama hay un orinal donde las colillas flotan en la orina pardusca. Es lo más asqueroso que ha visto en su vida.

No hay píldoras. El hombre no se está muriendo, solo duerme. No tiene el valor de tomarse una sobredosis de píldoras para dormir, igual que no tiene valor para salir fuera y buscar trabajo.

Desde el día en que su padre regresó de la guerra han luchado, en una segunda guerra en la que su padre no ha tenido oportunidad de ganar porque nunca podría haber previsto lo despiadado, lo tenaz que iba a ser su enemigo. Durante siete años esta guerra les ha ido oprimiendo; hoy él ha salido victorioso. Se siente como el soldado ruso en la puerta de Brandeburgo, alzando la bandera roja sobre las ruinas de Berlín.

Pero al mismo tiempo desearía no estar aquí, convertido en testigo de la vergüenza. ¡Injusto!, quiere gritar: ¡Solo soy un niño! Desearía que alguien, una mujer, lo cogiera entre sus brazos, curara su herida, lo tranquilizara diciéndole que solo había sido un mal sueño. Piensa en la mejilla de su abuela, suave y fría y seca como la seda, ofreciéndose a él para besarla. Desearía que su abuela viniera y lo arreglara todo.

Una bola de flema se queda atrapada en la garganta de su padre. Tose, se da la vuelta: los ojos abiertos, los ojos de un hombre totalmente consciente, totalmente seguro de donde está. Los ojos lo abarcan mientras está allí de pie, donde no debería estar, espiando. Los ojos no enjuician pero tampoco son benevolentes.

La mano del hombre desciende perezosamente y acomoda los pantalones del pijama.

Hubiera esperado que el hombre dijera algo, cualquier cosa —«¿Qué hora es?»— para ponérselo más fácil. Pero el hombre no dice nada. Los ojos siguen mirándolo, pacíficos, distantes. Luego se cierran y se duerme de nuevo.

Vuelve a su habitación, cierra la puerta.

Algunas veces la oscuridad se levanta. En el cielo, que habitualmente se cierne terso y pegado a su cabeza, no al alcance de sus manos pero tampoco mucho más lejos, se abre una rendija, y por un momento puede ver el mundo como realmente es. Se ve a sí mismo con su camisa blanca remangada y los pantalones cortos grises que pronto se le quedarán pequeños: no un niño, no lo que cualquier transeúnte llamaría un niño, demasiado crecido para eso ahora, demasiado crecido para utilizar esa excusa, y sin embargo todavía tan estúpido y encerrado en sí mismo como un niño: infantil, lerdo, ignorante, retrasado. En momentos como este puede ver a su padre y a su madre también desde arriba, sin odio: no como dos pesos grises y amorfos que se sientan sobre sus hombros, tramando su desdicha día y noche, sino como un hombre y una mujer que viven las vidas que les han tocado en suerte, insulsas y llenas de problemas. El cielo se abre, él ve el mundo tal como es, luego el cielo se cierra y él es él otra vez, viviendo la única historia que está dispuesto a aceptar, la historia de sí mismo.

Su madre está de pie junto al fregadero, en la parte más lóbrega de la cocina. Está de espaldas a él, con los brazos salpicados de espuma, fregando una olla, sin apurarse. En cuanto a él, está dando vueltas por ahí, hablando de algo, no sabe de qué, hablando con su habitual vehemencia, quejándose.

Ella deja su tarea; su mirada fluctúa sobre él. Es una mirada considerada, y sin ningún cariño. No lo está viendo por primera vez. Más bien lo está viendo como ha sido siempre y como ella siempre ha sabido que era cuando no ha estado cegada por las ilusiones. Lo ve, lo resume, y no le gusta. Está incluso aburrida de él.

Esto es lo que él se teme de ella, de la persona que lo conoce mejor en el mundo, que tiene la gigantesca ventaja sobre él de conocerlo todo de sus primeros años, los más indefensos, los más íntimos, años de los que, a pesar de todos los esfuerzos, no puede recordar nada; que seguramente, puesto que es preguntona y tiene sus propias fuentes, sabe también los mezquinos secretos de su vida en el colegio. Teme su sentencia. Teme los fríos pensamientos que deben estar pasándole por la cabeza en momentos como este, cuando se ha desvanecido cualquier pasión con la que colorearlos y no hay ninguna razón para que su opinión sea otra cosa que clara; teme sobre todo el momento, un momento que no ha llegado todavía, en el que pronuncie su sentencia. Será como el golpe de un rayo; no será capaz de soportarlo. No quiere saber. Se niega a saber con tal fuerza que puede sentir cómo le sube una mano por el interior de la cabeza para taparle los oídos, para cegarle la vista. Preferiría estar ciego y sordo a saber lo que ella piensa de él. Preferiría vivir como una tortuga dentro de su caparazón.

Esta mujer no fue traída al mundo con el único propósito de amarlo y protegerlo y atender sus necesidades. Por el contrario, ella tenía una vida antes de que él existiera, una vida en la que no tenía ninguna obligación de concederle el menor pensamiento. En un momento determinado de su vida ella lo dio a luz; lo dio a luz y decidió amarlo antes de que naciera; sin embargo, decidió amarlo, y por lo tanto también podría decidir dejar de amarlo.

«Espera a que tú tengas hijos –le dice cuando está más amargada–. Entonces sabrás lo que es.» ¿Qué sabrá? Es una frase que ella suele usar, una frase que suena como si viniera de un tiempo muy lejano. Quizá es lo que cada generación le dice a la siguiente, como una advertencia, como una amenaza. Pero él no quiere escucharla. «Espera a que tú tengas hijos.» Qué tontería, ¡qué contradicción! ¿Cómo va a tener hijos un niño? De todos modos, lo que sabría si fuera padre, si él fuera su propio padre, es precisamente lo que no quiere saber. No va a adoptar el punto de vista que ella quiere forzarle a adoptar: serio, decepcionante, desilusionado.

19

La tía Annie ha muerto. Pese a las promesas de los médicos, nunca volvió a andar después de la caída, ni siquiera con muletas. La trasladaron de la cama del hospital Volks a la cama de un asilo de Stikland, en medio de ninguna parte, donde nadie tenía tiempo de ir a visitarla y donde murió sola. Ahora la van a enterrar en el cementerio de Woltemade número tres.

Al principio se niega a ir. Ya tiene bastante con los rezos del colegio, dice, no quiere escuchar más. Expresa su desprecio por las lágrimas que van a derramarse. Organizar un buen funeral para la tía Annie es solo la forma que tienen sus familiares de sentirse mejor. Deberían enterrarla en un hoyo del jardín del asilo. Así se ahorrarían dinero.

En el fondo no siente eso. Pero necesita decirle cosas así a su madre, necesita observar cómo su cara se contrae de dolor y agravio. ¿Cuántas cosas más tiene que decirle para que por fin se dé la vuelta y le diga que se calle?

No le gusta pensar en la muerte. Preferiría que cuando la gente envejeciera y se pusiera enferma, sencillamente dejara de existir y desapareciera. No le gustan los cuerpos asquerosos de los ancianos; pensar en los ancianos desvistiéndose le hace estremecerse. Espera que en la bañera de su casa de Plumstead nunca haya estado un viejo.

Su propia muerte es otro asunto. De algún modo siempre está presente después de su muerte, suspendido sobre el espectáculo, disfrutando de la aflicción de quienes la provocaron y que, ahora que es demasiado tarde, desearían que estuviera vivo todavía.

Al final, sin embargo, va con su madre al entierro de la tía Annie. Va porque ella se lo ruega, y a él le gusta que le rueguen, le gusta la sensación de poder que eso le infunde; también porque nunca ha ido a un entierro y quiere ver la profundidad a la que se cava la tumba, cómo bajan el ataúd a su interior.

No es ni mucho menos un funeral imponente. Solo hay cinco dolientes, y un joven pastor protestante con granos. Los cinco son el tío Albert, su mujer y su hijo, su madre y él mismo. Hacía años que no veía al tío Albert. Está el doble de encorvado sobre su bastón; las lágrimas fluyen de sus ojos azul claro; las arrugas le sobresalen del cuello pese a que la corbata ha sido anudada por otras manos.

Llega el coche fúnebre. El director de la funeraria y su ayudante van de negro, de etiqueta, mucho más elegantes que cualquiera de ellos (él lleva puesto el uniforme del colegio Saint Joseph's: no tiene ningún traje). El pastor pronuncia una oración en afrikaans por la hermana fallecida; luego el coche fúnebre da marcha atrás hasta la tumba y deslizan el ataúd, apoyado en largas varas, en la fosa. Para su sorpresa, no lo bajan al interior de la tumba —hay que esperar, según parece, a los sepultureros—, pero el director de la funeraria indica discretamente que ellos pueden echar un puñado de tierra encima.

Empieza a lloviznar. Todo ha concluido; pueden irse si quieren, pueden volver a sus propias vidas.

En el camino de regreso hacia la verja, entre hectáreas de tumbas nuevas y viejas, va detrás de su madre y del primo de esta, el hijo del tío Albert, que hablan en voz baja. Se da cuenta de que tienen los mismos andares costosos. El mismo modo de levantar las piernas y dejarlas caer pesadamente, la izquierda y luego la derecha, como campesinos con zuecos. Los Du Biel de Pomerania: labriegos del campo, demasiado lentos y pesados para la ciudad; fuera de lugar.

Piensa en la tía Annie, a la que han abandonado aquí en la lluvia, en un Woltemade dejado de la mano de Dios; piensa en las largas garras negras que le cortó la enfermera en el hospital, que nadie cortará más.

«Sabes tanto», le dijo la tía Annie una vez. No era un simple halago: aunque tenía los labios fruncidos en una sonrisa, estaba sacudiendo la cabeza al mismo tiempo. «Tan joven y sin embargo sabes tanto. ¿Cómo vas a poder guardarlo todo en la cabeza?», y se inclinó y le dio unos golpecitos en el cráneo con un dedo huesudo.

El chico es especial, le dijo la tía Annie a su madre, y su madre se lo dijo a él. Pero ¿especial en qué sentido? Nadie lo dice nunca.

Alcanzan la verja. Ahora llueve más fuerte. Antes de que puedan coger sus dos trenes, el tren para Salt River y luego el tren para Plumstead, tendrán que caminar bajo la lluvia hasta la estación de Woltemade.

El coche fúnebre los pasa. Su madre levanta la mano para pararlo, habla con el director de la funeraria. «Nos acercarán al pueblo», dice.

De modo que tiene que subirse al coche fúnebre y sentarse apretujado entre su madre y el director de la funeraria, viajando por la Voortrekker Road, odiándola por ello, rezando por que nadie de su colegio lo vea.

—La señorita era profesora de escuela, creo —dice el director de la funeraria. Habla con acento escocés. Un inmigrante: ¿qué puede saber un inmigrante de Sudáfrica, de gente como la tía Annie?

Nunca ha visto un hombre más velludo. Le brota pelo de la nariz y de los oídos, le sale a manojos de los puños almidonados.

—Sí —dice su madre—: enseñó durante unos cuarenta años.

—Entonces dejó algo bueno —dice el director de la funeraria—. Una noble profesión, la enseñanza.

—¿Qué pasó con los libros de la tía Annie? —le pregunta a su madre más tarde, cuando están completamente solos de nuevo. Dice los libros, pero solo está pensando en los numerosos ejemplares de *Ewige Genesing*.

Su madre no lo sabe o no quiere decírselo. Durante todo el trayecto, del piso en el que se rompió la cadera al hospital, de allí al asilo de Stikland y de allí a Woltemade número tres, a nadie se le han pasado por la cabeza los libros excepto quizá a la misma tía Annie, los libros que nadie leerá nunca; y ahora la tía Annie yace bajo la lluvia esperando a que alguien encuentre tiempo para enterrarla. Lo han dejado a él solo con todos los pensamientos. ¿Cómo los guardará todos en su cabeza, todos los libros, toda la gente, todas las historias? Y si él no los recuerda, ¿quién lo hará?

Esta edición de 2.000 ejemplares
se terminó de imprimir en
Grafinor S.A.,
Lamadrid 1576, Villa Ballester, Bs. As.,
en el mes de febrero de 2008.

Avianca

A STAR ALLIANCE MEMBER

Boarding Pass (rotated)

VUELO/FLIGHT: LR671
SOLD AS TA7671

EMBARQUE/BOARDING: 07:30

PUERTA/GATE: 7

ASIENTO/SEAT: 19C

NOMBRE/NAME: CASTANEDA REGALADO/JAIME ANTONIO
AV 13426733331

ORIGEN/FROM: SAN SALVADOR/SAL
DESTINO/TO: SAN JOSE/SJO

CABINA/CABIN: Y
FECHA/DATE: 28 JAN

SECUENCIA/SEQUENCE: 80

Avianca
STAR ALLIANCE

EMBARQUE/BOARDING	ASIENTO/SEAT	CABINA/CABIN
07:30	19C	Y

CASTANEDA REGALAD/
JAIME ANTONIO
AV 13426733331

LR671   28 JAN

SAN SALVADOR/SAL
SAN JOSE/SJO

Z84NR8

DEPRIS

PORQUE TODO
LO QUE TE GUSTA
ESTÁ EN LA WEB,
FLYBOX TE LO TRAE.

Regístrate en Flybox.co y recibe tu casillero de forma fácil y segura.

FlyBox
By **DEPRIS**

Aplican condiciones y restricciones.

Por regulaciones de las Autoridades Aeronáuticas por favor completa los siguientes datos:
According to Aviation Authorities requirements, please complete the following information:

Nombre de contacto / Contact name

Dirección de contacto / Contact address

Código de área / Area code	**Teléfono de contacto** / Contact phone

Firma del pasajero / Signature